5

书中历险记

树屋图书馆

[英]安娜·詹姆斯/著 [意]马可·瓜达卢皮/绘 魏一木/译

浙江教育出版社·杭州

图书在版编目（CIP）数据

书中历险记. 5, 树屋图书馆 / (英) 安娜·詹姆斯著 ; (意) 马可·瓜达卢皮绘 ; 魏一木译. -- 杭州 : 浙江教育出版社, 2025. 2. -- ISBN 978-7-5722-8601-8

Ⅰ. I561.84

中国国家版本馆 CIP 数据核字第 2024CK7563 号

浙江省版权局著作权合同登记号 图字：11—2024—250号

书中历险记5 树屋图书馆
SHUZHONG LIXIANJI 5 SHUWU TUSHUGUAN
[英]安娜·詹姆斯 **著** [意]马可·瓜达卢皮 **绘** 魏一木 **译**

责任编辑 赵清刚
美术编辑 韩 波
责任校对 马立改
责任印务 时小娟
特约编辑 朱 江
特约监制 王秀荣
封面设计 郝欣欣
版式设计 黄 蕊
出版发行 浙江教育出版社
地址：杭州市环城北路177号
邮编：310005
电话：0571-88900883
邮箱：dywh@xdf.cn
印 刷 天津盛辉印刷有限公司
开 本 880mm×1230mm 1/32
成品尺寸 145mm×210mm
印 张 8.25
字 数 153 000
版 次 2025年2月第1版
印 次 2025年2月第1次印刷
标准书号 ISBN 978-7-5722-8601-8
定 价 39.00元

献给从一开始就相信书行世界的克莱尔。

目录

前情提要

在《书中历险记 1 书行者》中，十一岁的少女玛蒂尔达·佩吉斯（蒂莉）偶然间开启了自己与生俱来的书行能力。在寻找母亲的过程中，蒂莉发现自己的父亲竟然是书中的虚构人物，这意味着，她也是半虚构的。

在《书中历险记 2 遗失的童话》中，蒂莉和奥斯卡进行了一场童话故事的书行之旅，可童话世界竟然频繁出现磨损、错乱，甚至崩塌。安德伍德姐弟不仅控制了大英地下图书馆，提出“书籍封印”计划，还妄图利用蒂莉的血液，窃取书魔法，以求获得永生。

在《书中历险记 3 地图故事》中，蒂莉和奥斯卡踏上了寻找档案馆管理员的旅程。他们在寻找的过程中偶遇“长词号”火车，还结识了新伙伴米罗。最终，蒂莉在众多虚构人物的帮助下，解封了大英地下图书馆里所有的源本书，成功阻止了安德伍德姐弟的阴谋。

在《书中历险记 4 书籍走私贩》中，蒂莉的外公和米罗的叔叔先后中毒失去意识。米罗与蒂莉一起踏上了寻找解药的冒险之旅。炼金术士认为蒂莉是传说中的“匿名读者”，想要让她帮忙找到并打开

《万书之书》。

在炼金术士的女儿阿莱西娅的帮助下，他们最终成功逃脱，并为蒂莉的外公解毒。

1

这可不是一列普通的火车

火车在米罗·博尔特的脚下咔嚓咔嚓地响着，此时他正凝视着周围的一片漆黑。长词号的车窗外是无尽的黑暗，不时闪过一簇簇模糊的亮光。长词号可不是一列普通的火车。它由想法驱动，可以带你去任何你能想象到的地方。米罗是长词号的司机。

这是刚刚发生的事。仅在几个小时前，长词号还由米罗的叔叔霍拉旭——一个大名鼎鼎的书籍走私贩控制着，但感觉却像是很久以前的事儿了。一本有毒的书和一个妄图控制全世界所有知识的炼金术士，彻底改变了米罗的世界。现在口哨在司机米罗的手上，只有他知道火车将要开往哪里。他选择不辞而别，悄悄地离开蒂莉和佩吉斯书店，只和——

“米罗？”一个声音叫道。

“我在这儿！”他大声回应。不一会儿，引擎室的门口就冒出一张苍白的脸，是阿莱西娅，那个炼金术士的女儿。这事说起来有些复杂。她是从她爸爸在威尼斯的家中溜到长词号上来的，还顺便偷拿了很多他的研究和配方。这倒是件好事，因为霍拉旭中了毒，此刻正躺在佩吉斯家那间空闲的卧室里昏迷不醒，只有阿莱西娅笔记本里的配方可以救他。

“你在这儿干什么？”她问道，一边打量着这间逼仄又闷热的引擎室。

“可能是习惯了吧。”米罗答道，一边伸了伸胳膊。最近这段时间，他花了很多工夫让自己不往引擎里添加装满想象力的木球，这样长词号才能顺利地在故事世界行驶。现在他已经可以独立控制列车，再也没有人在一旁教训他了，可每当使用霍拉旭的办公室，他还是觉得自己是擅自闯入。即便他明明可以去那些豪华的客车厢睡觉，他还是选择继续待在那间紧挨着车尾的杂乱但舒适的小屋。阿莱西娅则立马欢天喜地地住进了最好的客车厢，那里有华丽的刺绣帷幔和宝石色的靠垫。

驾驶室狭小到阿莱西娅想坐在米罗旁边的地板上都很困难。

“你猜他们察觉到我们已经走了吗？”她问道。

“我想是的，”米罗说，他脑海里浮现出佩吉斯家嘈杂的厨房——他们就是从那儿偷溜走的，“已经走了至少有一个小时了吧？我敢说很快咱们就会收到信的。”

“他们会让咱们回去吗？”阿莱西娅疑惑地问。

“我不知道。我希望他们能理解咱俩离开的原因……至少蒂莉会理解的。但是没打招呼就把叔叔丢给他们，我总觉得不大好。”

“他们会把他照顾好的，”阿莱西娅安慰道，“比咱们照顾他强。

他们会理解的。”

米罗知道她说的没错。但是把中了毒的叔叔丢给自己几乎不了解的一家人，米罗内心的愧疚感还是无法消除。本来霍拉旭去到佩吉斯书店，就是因为米罗一直坚持应该先把从炼金术士那儿偷走的一剂解药给蒂莉的外公用。蒂莉的外公是那本毒书的第一个受害者，但是他现在已经醒了，而且正在恢复。这至少说明，他们或许可以相信阿莱西娅从父亲在威尼斯的家中偷走的配方。不过，他们并没有任何制成解药的原材料。

霍拉旭甚至不应中毒，要不是他试图阻止米罗碰那本沾了毒药的

书，他现在本该是醒着的。

“瞧瞧，你又来了。”阿莱西娅说着，轻轻地戳了戳米罗的胳膊。

“怎么了?”

“对所有事情都有负罪感，即使根本不是你的错。”

“呃，我不确定是不是所有事情都——”

“说真的，米罗，”阿莱西娅打断他，“你给书下过毒吗?”

“没有。”

“你尝试过用书中的魔法控制世界吗?”

“也没有。”

“那关于你的家人，你对别人撒过谎吗?我是说为了——虽然霍拉旭的动机一直很神秘，不过为了咱们这事，你有对你的家人以及想知道真相的人撒过谎吗?”

“没有。”米罗勉强挤出了一丝笑容。

“法官大人，我陈述完毕。”阿莱西娅说，“别再为你没做过的事情自责了。我们拥有‘不甚理想’的父辈——这还是客气的说法——又不是我们的错。”

“你那位可是你真正的父亲。”米罗语气沉重。

“我真不想承认这个事实，”阿莱西娅叹了口气，“他并不完全是一个女孩所期望的父亲的形象。至少霍拉旭看起来还关照你一点，起码他肯定是想让你远离我父亲。不过想想还挺好玩的，咱俩现在成了朋友，还一起带着长词号逃跑了，这可能是他们所能想到的最坏的情况。一想到这儿我就觉得开心。”

米罗天生不是那种能在危急时刻保持幽默的人，因此阿莱西娅几乎能拿任何事开玩笑的能力时常让他感到不安，更别提她那无坚不摧的自信了。他唯一一次看到她的自信崩塌，是她承认自己虽然手握能够救霍拉旭的配方，但对其中大部分原材料一无所知，更别提如何找到它们，并用它们配制解药了。他们知道阿莱西娅的父亲会针对不同的人定做不同的配方和毒药，这样药的效力才更强，也更难解毒。

这就是他们此行去往诺森伯兰的目的：寻找也许能解决这堆麻烦的那个人——一位**植物学家**。

2

故事的产生是为了重新讲述

米罗和阿莱西娅坐在米罗叔叔的办公室里，他们俩中间的桌子上放着一张纸，那是植物学家给霍拉旭的留言，不过霍拉旭还没收到它就中毒了。他们把手放在热气腾腾的马克杯上焐着，杯里是热巧克力，放了超量的棉花糖。

纸张是奶油色的，十分厚实，上面的留言是用翠绿色墨水写的，字写得龙飞凤舞。

霍拉旭，

希望你一切安好。关于之前我问的寻找毒药纲目的事情，请告诉我你的最新进展。你知道的，没有这东西，我们无法继续阻止炼金术士的计划。我知道你母亲也很想见你，你已经很久没回来了。

祝好

R

他们基本上能肯定这个 R 就是罗莎——那位神秘的植物学家的真名，她是炼金术士的死敌、霍拉旭的客户。毒药纲目此时就放在这张纸旁边，乍一看像一本很大的书，封面是一具骷髅，内页被两个沉重的镀金按扣固定在一起，但如果打开这两个按扣，就会发现里面并不是纸张，而是许多装着干花、植物和浆果的小抽屉和小瓶子。阿莱西娅认得其中一些标签上的名字，她把她知道的致命的毒药指了出来，不过她对大多数毒药一无所知，有一些甚至连标签都没有。

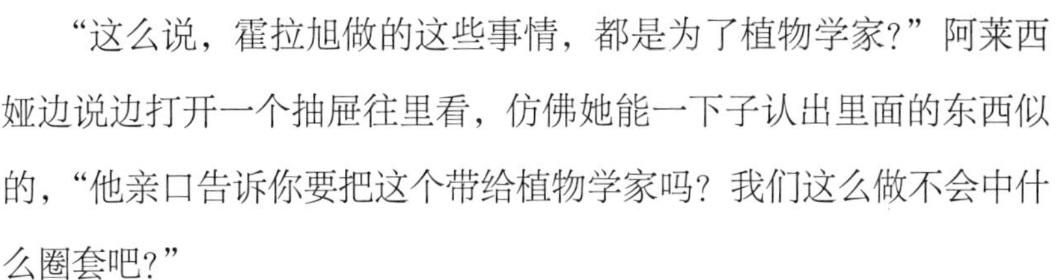

“这么说，霍拉旭做的这些事情，都是为了植物学家？”阿莱西娅边说边打开一个抽屉往里看，仿佛她能一下子认出里面的东西似的，“他亲口告诉你要把这个带给植物学家吗？我们这么做不会中什么圈套吧？”

“这是他昏迷前说的最后一句话。”米罗肯定地说。

“抱歉，为了了解事情经过，我得复盘一下。这之后你和蒂莉反倒决定把这东西带给我父亲，一个臭名昭著的邪恶天才？”

“好吧，好吧，我们当时也不知道嘛，”米罗辩解道，“我们以为他是唯一能救蒂莉的外公和霍拉旭的人。客观地说，这一点上我们确实没错！”

“我想，你来威尼斯对我来说是件好事。”阿莱西娅耸了耸肩，米罗于是明白，她并不想让自己过问太多逃到长词号的意义。他也愿意让她继续对这件事表现得若无其事、云淡风轻。毕竟正如她所说，无论怎样，有一个道德上可疑的书籍走私贩叔叔，总好过有一个狂妄自大的阴谋家父亲，这倒不是说他有多了解他真正的父亲。事实上，这正是他热衷于寻找植物学家的另一个原因。留言上说，霍拉旭的母亲，也就是米罗的奶奶，正和她在一起。米罗之前还以为奶奶早已过世了。

桌上还摆着两本白色的大书和一本用棕色皮革装订的剪贴簿。白皮书的书脊上用金色浮雕体印着阿莱西娅和霍拉旭的名字。剪贴簿的正面写着米罗的名字，是用黑色墨水手写的。

“你看过霍拉旭的那本了吗？”阿莱西娅问道，她意味深长地盯着霍拉旭的记录簿，“里面可能有些有用的东西，比如他把你真正的记录藏到了哪里，这样他就可以一直追踪你的书行轨迹。”

“但是我们已经知道那记录就藏在长词号上，”米罗说，“除了档案馆，只有这里有足够的书魔法可以追踪书行轨迹。不过，如今真的只有这里有了。”

米罗的目光从阿莱西娅的眼睛落到脚踝，她的脚踝上还缠着绷带，到现在她都不太敢在脚踝上使力。在档案馆和记录库被毁的时候，她的脚踝被压在一根横梁下面，档案馆存放的记录簿中记载了每一位书行者在每个故事中旅行时留下的书魔法。只有寥寥几本记录簿被他们安全带了出来，就是现在放在他俩面前的这两本以及蒂莉一家的记录簿。

“我的意思是，我们都知道那本记录簿在他的房间里，”阿莱西娅说，她戳了戳米罗的口袋，里面装着他叔叔的钥匙串，被她戳得丁零当啷响，“那是唯一一个他一直锁住的房间。”

“我知道，”米罗同意道，“我已经在努力整理我的记录了。我的记录簿里也不会有什么我不知道的事情，那毕竟是我自己的阅读记录。这本剪贴簿已经有很多信息了。”

“我们还是得把它带在身边，”阿莱西娅提醒他，“毕竟我们已经见识到了记录簿的重要性。‘阅读者的记录’——我爸爸的配方里总是提到这个，并且我们也知道了阿奇的记录簿是他制成解药所需要的最后一样东西。我们得保管好自己的记录簿。”

“我只是……”

“你是在担心其他书行者的记录簿，”阿莱西娅接茬，“我明白。之前你为那些不是你的错误担心时，我是怎么跟你说的？”

“但是这件事确实是我们的错啊，”米罗颓然地说道，“如果我们没有帮助阿尔忒弥斯逃离档案馆，那里就不会倒塌、消失，那些记录簿现在就会完好无损。要是我们毁了所有的书行怎么办？如果我们毁了拯救他们的唯一办法，你爸爸是不是会给他们全部下毒？那又怎么办？”

“好吧，首先，我非常怀疑他的计划是不是给每个书行者一一下毒，”阿莱西娅的疑问非常合理，“他一定是没怎么关注普通的书行者，除非他们妨碍到了他。而且，你不是跟我说，在我们还没开始帮阿尔忒弥斯的时候，档案馆已经开始倒塌了吗？”

“没错，但是……”

“那就对了，”阿莱西娅说，“那个时候它本来就要塌了，而且很快就消失不见了，我们做什么都无法改变。不知道为什么，我总觉得这是蒂莉的错。虽然我挺喜欢她的，可她确实留下了一堆烂摊子。”

“那是咱们的烂摊子。”米罗纠正道。

“好吧，不管怎么说，如果没去档案馆，就救不出任何一本记录簿，蒂莉的外公就不会醒来。而且要不是有我们，阿尔忒弥斯能不能逃出来、回归平静的生活都还不一定呢。如果没有我们，她很可能会被困住。总的来说，我会把它归结为一次巨大的成功。”

“也别太得意忘形了。”米罗喃喃自语道。

“我们是英雄，”阿莱西娅还在继续就着她的话题讲，“行善者、救世主、书行世界的罗宾汉[①]，劫富济贫！”

“这件事情里谁是富谁是贫？”

“我爸爸显然是富，我们偷走他的知识和秘密，贫是——我们？”

“这听起来可不怎么光彩啊。”米罗戳穿她。

“这些都可以灵活变通，”阿莱西娅咧嘴一笑，“故事就是为了被重述的。”

米罗又一次对阿莱西娅和她的人生观产生一种既失望又佩服的复杂情绪。

“那现在可以去你叔叔的房间看看了吧？”

“好吧。”米罗一边说一边掏出钥匙串。他心里明白，他一直拖着不去，是因为害怕在那房间里找到什么他不想看到的东西。

---

① 罗宾汉：英国民间传说中的英雄人物。

3

几个问题

米罗走到了两节车厢的连接处。

他此时站立的门廊，离霍拉旭的私人车厢里那扇锁着的门只有几英寸[①]。米罗只进去过一次，在霍拉旭触碰那本毒书并昏倒之后，他和蒂莉就费劲地把失去意识的叔叔搬到了床上。米罗当时并没有留意房间里的情况，但是他几乎可以肯定并没有什么异常。

米罗在钥匙串上找到正确的钥匙后，努力控制住自己颤抖的手，把钥匙插进了锁孔里。随着咔嚓一声，钥匙很顺滑地转动，接着门就打开了。谢天谢地，里面和米罗记忆中的样子一样。房间很整洁，几乎没有什么装饰，空荡荡的。靠床放着一个衣柜，里面是霍拉旭常穿的一些衣服：灰色羊毛裤、挺括的衬衫、靴子和黑色外套。除此以外唯一的家具，就是被推进角落里的一张小书桌。那上面只摆着个精致的笔筒，里面放着一支钢笔。

“你打开抽屉看了吗？”阿莱西娅的声音从他背后传来，把他吓了一跳。

---

① 1 英寸约等于 2.54 厘米。

"我还以为你没进来。"米罗说，他努力使自己的呼吸平稳下来。

"希望你别介意，"阿莱西娅说着，兴致勃勃地晃了晃桌子最上面的抽屉，"要翻找你叔叔的私人物品，我想你可能需要有人加油鼓劲。做'坏事'似乎让你觉得不舒服。"

"因为这本来就是不好的行为。"米罗说。

"确实，但谁又来定义什么是好什么是坏呢?"她反驳道，米罗没再说话。他早已认识到，试图和阿莱西娅争辩是徒劳的，尤其是在道德问题上。

"可以把钥匙给我吗?"她一边说一边伸出一只手到背后。米罗照做，他看着她麻利地在钥匙串里翻找，并且一下就准确地找到了两个抽屉的钥匙。她似乎并没期待米罗对她的这项能力表示赞叹或做出反应，抽屉打开后她看也没看就撤到一旁去了。

上面的抽屉里放着一摞配套的皮革笔记本，用绳子捆在一起。下面的抽屉里只有一样东西：一本白色精装书，侧面印有米罗·阿维·博尔特的名字。

"这好像……有点平平无奇?"他说着把精装本拿在手里，"我本来以为会很特别，不过显然，我的记录簿和其他人的没啥两样。"

"很薄，是吗?"阿莱西娅指出。

"霍拉旭不想让我经常书行，"米罗解释道，"他总是想知道我在哪儿。我想，可能一部分原因是为了不让你父亲找到我。然后霍拉旭就可以假装我不会继承长词号。"

"你想再查看一下这房间的其他地方吗?"阿莱西娅问。

“我们先把这些笔记本带回办公室吧，”米罗说，“我想看看。”他把那一套笔记本摞在他的记录簿上。两人把这些东西全部带回了霍拉旭的办公室，希望可以从这些信息中了解霍拉旭所知道的事情。

把注意力转向那些笔记本之前，米罗把他的记录簿翻到最新的那一页，想要看看关于上一次去《绿野仙踪》或者去档案馆的记录。但是与其他记录簿里清晰整齐的字迹不同，他看的这一页像是先用墨水写好，然后放入浴缸里的。但也不太对——纸张摸起来是干爽的，非常平滑，毫无褶皱，只有上面的字糊掉了。已经无法辨认出写了什么，只看得到一大团黑色污渍。

“这……可真是没想到，”阿莱西娅说着，从旁边窥视着记录簿的页面，“霍拉旭把这个记录簿藏起来是不是还有其他原因？你的是不是……也以某种方式被弄坏了？”

“什么？”米罗瞬间感觉浑身发冷，“你觉得我的坏掉了？”这简直像是回到了霍拉旭的监视下，他说话总是这么尖锐又暗藏深意。

“我不是说你这个人，傻瓜，”阿莱西娅说，“只是你的书行。”

“这不就是一回事吗？”米罗说，他怕自己马上就要哭出来。阿莱西娅似乎感觉到自己说错话了。

“啊，抱歉，”她的脸因为担心而扭曲起来，“我的意思是，也许霍拉旭知道一些关于你的事或你的书行经历，但他不想让别人知道。

你知道的，就像蒂莉一样。”

“蒂莉的只是特别，不是坏掉了。”米罗说。

“我敢说她自己并总不是那样想的，”阿莱西娅沉吟道，“但不管怎么说，我都不应该用‘坏掉’这个词，对不起。应该说‘特别’。”她停顿了一下，“这就是我想说的，”她认真地补充道，“也许你和蒂莉一样特别。”

“我绝对不是特别的——我只是正常地书行。”米罗说，阿莱西娅的话只稍稍带来一丝慰藉，他仍然惊魂未定。他唯一可以肯定的是自己并没有任何特别之处。他知道阿莱西娅并非有意伤害他的感情。他们还在试探如何成为彼此的好朋友，而米罗想要接纳这份友情的心情，却在阿莱西娅面前撞了个粉碎——她并不需要这份友情。

米罗把记录簿往回翻，当他看到几乎每一页都是同样的一团模糊墨迹时，他越来越感到不安。

“我是不是应该书行到哪本书里去，这样你就可以看到记录簿是否能正常记录我的轨迹？”米罗绝望地问道。

“呃，等等，我想我们现在面临一个更大的问题。”阿莱西娅说着，打开了她自己的记录簿，里面和米罗的记录簿一模一样——全是杂乱、模糊、无法辨认的字迹。

米罗羞于承认他的第一反应是如释重负。他的记录簿并不是坏掉了，或者说，如果他的坏掉了，那么阿莱西娅的也和他的一样坏掉了。但是当他拿来霍拉旭的记录簿后，如释重负很快被恐惧所替代。他猛地翻开，第一眼就吓得反胃。

“他的记录簿都这样了，解药还能生效吗？”米罗问道。阿莱西娅此时面色惨白，显然也在问着自己同样的问题。她父亲的解药需要阅读者的记录簿——那是最后一个关键的因素，用以把解药和对症的人联系在一起，没有这东西，解药将毫无效用。他们曾把蒂莉外公的一页记录簿烧掉，并把灰烬添加到他们从炼金术士那儿偷来的唯一一剂解药里去。虽然米罗对叔叔有着相当复杂的感情，但他从没有想过对沉睡的他不闻不问，唤醒他也并不仅仅是为了让他回答几个关于到底发生了什么的问题。

“我不懂解药，”阿莱西娅坦承，“它是科学和书魔法的结合，我对这两者都一知半解。”

米罗仍然感到惶惑不安。他们花费了那么多心血拿到这些记录簿，为此还摧毁了档案馆——

他顿了一下。

“是因为档案馆，对吗？”他说着，努力回想所有的经历，“我们帮助阿尔忒弥斯离开的时候，带走了最后一点支撑档案馆的书魔法。只有足够的书魔法才能让记录簿运作，所以它们才能追踪我们书行到故事里所留下的书魔法中。我们怎么会没想到这一点——没有档案馆，记录簿怎么可能正常运作呢？”

“但是我们不可能想到它们就这样消失了啊！”阿莱西娅说，“即使记录簿不再追踪我们书行的轨迹，也想不到记录会开始……消散啊。不过我记得你说过，你的记录簿在长词号上仍然是正常的，因为这里装了足够的书魔法！”

“那是阿尔忒弥斯告诉我的，”米罗说着，还在努力回想细节，“但是我不认为这里的会和档案馆的一样多。整个档案馆都是用书魔法建造的，除了那里一层层的故事。但这是一列用金属和木头建成的真的火车，虽然她是靠想象力驱动的，但所用的材料和普通火车并无二致。当那些记录簿还和档案馆绑定在一起时，那里的书魔法可以支撑它们正常运作。可是现在档案馆没有了。这就好比我们抽走了书魔法的电池。该怎么办啊？”

米罗开始恐慌，他努力控制住自己的呼吸。

“我猜我们只能寄希望于植物学家，希望她知道自己在做什么。”阿莱西娅说着，看向窗外故事里的一片漆黑。

4

无处不在的魔法

他们在焦虑不安中度过了剩余不多的旅途。

米罗开始阅读霍拉旭的笔记本，但是他完全看不懂。里面的字似乎是某种密码或者速记法的符号。虽然他勉强认识个别单词，但还是看不出记录的内容是什么。字母 M 经常出现，米罗试图告诉自己 M 可以表示很多东西，不一定是自己的名字 Milo，但他完全看不出这本笔记的连贯性或逻辑。

幸好不久之后，米罗就感觉到了长词号接近目的地的迹象。他只当了一天多的司机，但已经愈加熟悉长词号和她的感觉。当他们接近旅途的终点时，他能感受到一股热情的涟漪在火车上蔓延开来，一如在旅途开始他设定路线时，也感觉到了她的期待。

此刻，长词号在告诉他们就快到了，四周的黑暗逐渐消失在光明中。火车轻快地在故事的边界之外行驶，发出咔嚓咔嚓的轻响，仿佛穿越它的边界并不是什么不可思议的事情。突然间，他们就置身于诺森伯兰郡的旷野。米罗和阿莱西娅放眼望去，目力所及的是湛蓝的天空和连绵起伏的山丘，石墙和悠闲的羊群点缀其间。从左边的车窗能看到一条小路蜿蜒穿过乡村，远处依稀可见一个个暗淡的小点，那是小村庄里的房屋。右边只能看到绵延起伏的山峦横跨天际线，边缘是一堵残破城墙的轮廓。

“哈德良长城！”米罗叫着指给阿莱西娅看，两人透过车窗一起望向这段古罗马城墙。他们可以看到有一条小路顺着城墙的遗迹一直延伸，间或有三两个徒步者沿着石子路上山或下山。

“他们看不见我们吗？”阿莱西娅问。

“看不到，”米罗说，话语里颇为他这列设计精巧的火车感到自豪，“人们往往看不到他们想不到的东西。此刻，他们要么只看到一列普通的火车开往湖区，要么根本不会注意到我们。”

在又经过一座小农舍和一片高大美丽的树林后，长词号的速度慢了下来。

“我们终于到了。”米罗平静地说，熟悉的景象映入眼帘，他和霍拉旭一起来过好几次。他以前从未被允许离开长词号，但他清楚地知道自己在寻找什么——那是很难错过的。

“来吧！”他激动地说。即将为阿莱西娅介绍这里的兴奋感，暂时冲淡了他对于失去记录簿的担忧。阿莱西娅跟着他下了火车，走到一片柔软的草地上停下来。

在两座山之间几乎完全对称的斜坡中间，矗立着一棵雄伟的梧桐树。附近没有其他树木，起伏的城墙从一个山头向下延伸，又跃上另一个山头，在树的底部形成了一条柔和的曲线。

米罗锁上长词号的门，两人随即朝那棵树走去，一路无语。周围

万籁俱寂，当他们走近时，可以听到微风拂动树叶的沙沙声。

“啊，在这里可以感受到魔力，是不是?”阿莱西娅说着，伸出一只手轻轻放在树皮上。

“我不觉得这棵树本身和书魔法有任何关系。”米罗答道。

“我不是说书魔法，”阿莱西娅凝视着窃窃私语的树叶说，“我是说一般的魔法，现实生活中的魔法——无处不在的、人人能感知的那种魔法。”

确实，这里的空气中有着某种能量，能让人一下子模糊现实生活和想象的边界。树前面的地上摆了一圈石头，像是某种古老的火坑或者标记。

“我想知道这是什么，”米罗说，“会不会和植物学家有关?”

“这个啊，如果咱们找到她就可以直接问了。”阿莱西娅说，“接下来去哪儿?”

“我不知道，我从来没离开过长词号，”米罗解释道，“也从没有离一棵树这么近过。我们应该回到那座农舍看看，可能植物学家住在那儿周围。我感觉她不太可能住在我们经过的其他地方，而且霍拉旭之前肯定是在这棵树前停车的。”

“我们往那边走吧，”阿莱西娅赞同道，“最坏的可能就是农舍里没有人，或者只有一个普通的农夫住在那儿。不过我们总能问问，他们有没有邻居。”

他们沿着紧挨城墙的小径，一路爬上长词号对面的山丘。越过城墙，山丘在另一侧陡然直下，直落入一片波光粼粼的湖水，大片的树木覆盖了整个山坡，一直延伸到湖面。山坡很陡峭，在正午的阳光下，他们两个很快就汗流浃背、疲惫不堪。米罗注意到阿莱西娅的跛行越来越明显，他几次关心她的脚踝怎么样了，她都只是摇摇头，于是他只好护在她身后以防她摔倒。尽管忧心的事情很多，但周围新鲜的空气和诺森伯兰郡的景色还是让米罗感到十分新奇。

“可以看出为什么罗马人在这里建造城墙，对不对？”米罗气喘吁吁地说道，他们此时正从石子路爬上一截台阶，“外敌很难偷袭他们，我可不想在山顶遇到一群罗马士兵。”

“建造城墙就是为了不让人进来吗？”阿莱西娅问道。

“是的，我想是为了防苏格兰人，不过我不知道当时他们是不是叫苏格兰人。”米罗试图回忆霍拉旭告诉过他的几个细节，此前这里只存在于他的想象中，他一直渴望走出长词号亲自探索，“植物学家肯定知道这些事情。”

这时他们已经到达了山顶。看到小路变得平坦，城墙也一并消失在长词号曾经过的松树丛中，他们终于松了一口气。如果说有什么不同的话，那就是感觉周围的魔法在增强，但是米罗并不清楚那是阿莱西娅所说的现实生活中的魔法，还是某种聚集起来的书魔法。

也许两者皆有。

树木高耸入云，阳光透过枝叶洒下来，米罗和阿莱西娅走在碎石子路上，脚下发出嘎吱嘎吱的响声。通过树干间的缝隙，他们能瞥见山脚下的湖泊。一切是那么宁静，米罗此时真希望他们来这里处理的事情没那么紧迫。

他们来到了树丛中比较茂密的地方，阿莱西娅正在前面走着，米罗忽然听到了草丛中有窸窸窣窣的声音。他伸出手轻轻抓住阿莱西娅的肩膀。她缓缓转身，歪了歪头，疑惑他为什么要让自己停下来。米罗把手放在耳后仔细辨认，然后指了指声音的方向。

“有动静，”他低声说，“窸窸窣窣的。就在那儿！我们可能遇上熊了！”

“也可能只是草丛里的风声？”阿莱西娅用极小的声音说。

随后传来小爪子在树皮上蹦蹦跳跳的声音，接着一只红松鼠从树叶中冒了出来，跳到他们头顶正上方的一根树枝上。与此同时，刚刚窸窣作响的草丛朝两边分开，一只红狐狸也从里面踱了出来，它红褐色的皮毛几乎和松鼠的皮毛一模一样。它站在了松鼠所在的树枝的下面，两只动物就这样看着两个孩子。

“呃，这正常吗？”阿莱西娅问道，她惊奇地盯着它们，“它们是没怎么见过人类吗？”

“我也不知道松鼠和狐狸正常应该是什么样，”米罗小声嘀咕，“我是在一列火车上长大的。”

“呃，我是在一个悬浮的城市里长大的。”阿莱西娅提醒他。

狐狸和松鼠仍然目不转睛地看着他们俩。忽然，松鼠从栖息的树枝上跳了下来，优雅地落在狐狸旁边的石子路上，狐狸却一点反应也没有。

“好吧，这肯定不正常，”阿莱西娅说，“狐狸怎么不吃松鼠？狐狸应该把松鼠吃掉的呀。”

“你觉得，你觉得它们能听懂我们说话吗？”米罗说。他又转向两只动物，说道：“你们好？”

“你指望狐狸会回答你？”阿莱西娅笑了。

“我不知道！”米罗有一丝尴尬，“至少值得一试！如果我们就在植物学家的住所附近，它们可能会是某本书里会说话的动物！”

“但我们绝对不是在图书馆或者书店，”阿莱西娅说，“据我所知，只有我爸爸知道怎么从其他地方书行到书里面去。”

“恐怕这说法并不准确。”一个声音在他们身后响起，米罗和阿莱西娅吓得跳了起来。他们转过身，看到一个红发的女人站在石子路上。她温和地笑了笑，说：“欢迎来到树屋图书馆。我叫罗莎，不过我想你们已经知道我是谁了，就是你们说的植物学家。”

5

树屋图书馆

“我刚才说的哪一点不准确？我真的很想知道它们会不会说话。”阿莱西娅追问道。

“恐怕它们不会。”罗莎答道。虽然她在微笑，但米罗明显感到她在打量自己。他并不清楚罗莎对他们俩了解多少。“这两个小家伙时常出现在这里，”罗莎继续说道，“它们还会去图书馆找我，每次都被喂得饱饱的，但它们确实是这个世界里真实存在的。”

“它们有名字吗？”米罗问。

“没有，”罗莎温柔地问答，“我们非常喜欢它们，但它们是野生动物，不是我们的宠物。”

即便如此，米罗还是悄悄给那只松鼠取名“肉豆蔻”，给那只狐狸取名“橘子酱”，并且决定一直这样称呼它们，直到自己很老很老的时候。

“说我们不在书店或图书馆，这点不准确，”罗莎继续解释，“我这么说是有点牵强，但都是为了戏剧效果——你们给了我一个绝佳的开场白。不过，我们已经离树屋图书馆很近了，那是我生活和工作的地方，我们可以从那里书行到任何想去的书里。但是在出发之前，你们介意我问几个问题吗？我只是想确认一下，怎么说呢——我想确认我们的理解是一致的。”

“当然。”米罗说，他已经预料到了，但是他感到旁边的阿莱西娅已经心生戒备。

“就你们俩来的吗？”罗莎问，“你叔叔没有和你们一起？”

“看来你已经知道我是谁了？”米罗反问道。

“好吧，可能我应该在问这话之前先确认好，”她微微一笑，“但是根据已有的事实不难猜到你的身份，而且我能感觉到长词号来了。”

“你这话是什么意思？”阿莱西娅问着，双臂在胸前交叉。

“具体的原因我以后再跟你们说，”罗莎回答，“不过现在我可以告诉你们，我对书魔法的感知非常敏锐。长词号上的书魔法这么多，当她驶来时，我不可能感觉不到。希望这可以解答你们的困惑。这也是为什么我以为霍拉旭会来，我本来非常希望能和他谈谈。好了，现在我可以请教这位小姐怎么称呼吗？”

阿莱西娅犹疑地看向米罗，显然她担心罗莎听到自己的姓氏会有所反应。米罗耸了耸肩，他并不想向罗莎隐瞒任何没必要绝对保密的事情。

“你可以叫我德拉·波塔小姐。”阿莱西娅一字一句地说，她挑衅般地直视罗莎的眼睛，等着看她的反应。

“我明白了，”罗莎回答，“我还一直好奇——霍拉旭之前也提到他觉得炼金术士可能有一个孩子。但我还是想再多了解一下你叔叔的下落，米罗。”

“他在伦敦的佩吉斯书店，是我们的朋友开的一家书店。”米罗说。罗莎的脸上闪过一丝担忧，但很快恢复了先前平静又饶有兴致的表情。“他被炼金术士用一本书下了毒，那本书本来是用来毒别人的，”米罗解释道，“但是我们有解药，至少有配方，并且——”

“声明一下，我可跟下毒这件事一点关系也没有，”阿莱西娅打断他，“我是站在你们，呃，站在米罗这一边的，这是肯定的。所以如果你也站在米罗这一边，那我和你就是盟友。一言为定?”阿莱西娅的话让罗莎没忍住，笑出了声。

“这个盟我很愿意结，”罗莎微笑着说，“我们是得更加深入地交流一下，不过你的话对我来说足够了。但是，米罗，”她顿了顿，“说到家人，我不确定是不是有人告诉过你，或者你已经发现了什么。”她欲言又止，似乎在掂量会不会说错话。

“你指的是，我知道或者说我认为我的奶奶在这儿?”米罗低声说，他不敢直视罗莎的眼睛，这个希望让他难以承受。长到这么大，他知道的或者有记忆的亲人只有霍拉旭一个。一想到可能有另外一个至亲之人近在咫尺，就在这树林中，他整颗心都提到了嗓子眼儿。

“她确实是在这儿，”罗莎笑了笑，“我敢肯定她一定很高兴见到你。不过我觉得，你最好暂时不要说你是乘坐长词号到这里的。”

“这是为什么?”阿莱西娅忍不住问道。

“我保证，将来会有充足的时间解答你的问题，”罗莎说，“我们先去一个更加私密和舒适的地方。也许在路上你们可以跟我说说霍拉旭到底出了什么事，还有解药的事情。”

罗莎转身沿着小路向山下的树林走去，米罗和阿莱西娅尽可能跟在她身后，边走边说，向罗莎解释那本有毒的书、配方，以及他们是如何从档案馆一路到佩吉斯书店的。山坡很陡峭，到处是盘根错节的树木和一块块干燥的泥土，一不小心就容易走偏。罗莎立刻就注意到了阿莱西娅的跛脚，坚持一到了安全的地方就立马检查一下她的脚踝，但是阿莱西娅也坚持说自己能行。当他们走到一段特别难走的路时，他能看到她疼得直抽搐。橘子酱已经消失在前面的树林里，但肉豆蔻还在沿着他们上方的树枝匆忙地追赶，活像一个红色的小小护卫。

米罗看不出罗莎的真实年纪。他有时看到她的脸，感觉她比他们大不了多少，她的皮肤很光滑，整个人神采奕奕。但是她一转脸，皱纹似乎变深了，看起来像是远古时代的丛林女巫。米罗晃了晃脑袋：一定是光线的问题，或者是他的疲惫和忧虑影响了他的眼睛和大脑。

罗莎的头发是鲜亮的红棕色，被她编成一条粗粗的麻花辫，从肩膀一侧垂下来，辫梢用亚麻绳系住。她的皮肤苍白，脸上长满雀斑。她穿着一条宽松的深绿色工装背带裤，内搭一件条纹 T 恤，脚上穿了一双白色帆布运动鞋。

沿着下山的路走了几分钟，他们停了下来，这里的树木比之前更加茂密。他们已经很靠近那片湖了，罗莎叫它峭壁湖。这里长着一排松树，彼此挨得那么近，看起来就像一堵墙。

“这边走。”罗莎转身朝他们笑着说。她来到两棵树之间的空隙，伸手把垂下来的几株藤蔓拨到一边，示意米罗和阿莱西娅先进去。起初，除了周围厚厚的树叶和两棵紧挨着的松树树干，米罗什么也看不到。但不久，他重新感受到了阳光，他的眼前出现了从未见过的神奇景象。他们站在一片林间空地上，阳光洒下斑驳的树影。空地的三面被墙一样的树丛环绕，从出口能看到湖水的粼粼波光，沿着山坡再往下走，不远就是那片湖。空地中央是一簇树木，树枝间有一座树屋。

“这就是树屋图书馆，”罗莎笑着说，“上来吧。”

6

故事藏在缝隙里

有一棵高大的树非常显眼。米罗对树的了解不多，但他能看出这棵树与众不同。其他树虽然也很高，但树干比较细，上面长着像圣诞树那样的松针。空地中央的这棵树树干则要粗很多，并且长着宽阔的树叶，而不是松针。它可能是橡树，因为米罗已经看到了树叶之间若隐若现的橡子。树屋的螺旋阶梯绕着树干盘旋而上，一直到最顶上的树冠。树屋有四层，每一层都有一个环绕树干的平台，橡树的枝干间搭建了各式各样的木制结构，一直伸展到松树的枝干上，这样一来整个树屋就把这片树丛都占满了。连接各个小屋的木制走道坐落在树枝上。这一切看起来实在太引人注目了。

“你们是怎么做到不被人发现的?”米罗问道，他抬头惊奇地打量着树屋，“我知道这里很偏僻，但是肯定经常有人在附近的路上走来走去吧?”

“是树木和视角的巧妙结合。”罗莎笑道。阿莱西娅扬了扬眉毛，表示并不相信她的说法。

“好吧，我承认，还用了一点书魔法。”罗莎说，“这里的书魔法比一般地方多，我们可以用它耍一些无伤大雅的小把戏。空地周围树木的生长方式也很有帮助。如果人们发现了树屋，他们往往会认为这是自己想象出来的——不过是一种可爱的想象啦。他们会以为自己只是去了一个美丽的树林里散步，是想象力补充了更多的细节。也许他们曾经见过小孩子玩耍过的废弃的树屋，现在他们想起了那个树屋，并把它想象成他们喜欢的样子。任何想象力好的人都时常会这样做，故事可能就隐藏在想象力和现实的缝隙里。而想象力差的人，因为不常锻炼想象力，可能压根就看不到树屋，就像他们看不到你那列可爱的火车一样。米罗，我们现在上去吧。不过，阿莱西娅，你想先休息一下，让你的脚踝缓一缓吗？我可以把米罗送到莉娜那里，再去拿点对症的自制药膏回来给你。我很快就会带你们俩好好参观这里的，不过米罗，我想你应该很想马上见到你的奶奶。”

米罗点了点头，跟着她上了楼梯。

罗莎带着他们来到第三层平台，这里有一座用绳索和木板做成的桥，通向坐落在四棵松树上的几个小木屋。

“这是我们的卧室，”罗莎说，“你们待在这儿的时候可以住左边这间。右边那间是我的，”她指了指，“我们身后这间小屋现在是空的，还有这一间，自从你奶奶第一次来找我，她就一直住在这儿。”

“我们可能不需要待这么久，所以不一定需要卧室，”米罗说，“我们只是来问你关于解药的事情，以及把毒药纲目带给你。”

“你们有那本纲目？”罗莎惊讶地问。

“是啊！霍拉旭还让我们把它带给你。”

“也对，”罗莎说，她站在原地没动，“我非常想看到纲目，以及听你们讲讲解药的事情，但是我想最好——是的，的确应该——让你先见见你的奶奶。之后我再来看看，能怎么帮到你叔叔。那本纲目可能对很多事情，甚至对解药本身都有帮助。我之前一直希望霍拉旭能带给我一些信息，关于——好吧，这些事情我们之后再说。先找到莉娜，看看纲目和配方，然后再决定下一步怎么办。这些东西已经足够我们着手了。现在跟我来吧。”

他们走过一座轻轻摇曳的小桥，来到一间搭建在树枝间的小木屋。米罗甚至能看到树枝从屋顶伸出来，这让他想到了霍比特人的房子。罗莎敲了敲绿色的圆形门。

“莉娜？米罗来了。”她转向米罗，轻声道：“我会给你和你奶奶一点儿时间独处，我正好去看看阿莱西娅的脚踝。等你这边好了，就下楼去图书馆吧。”

米罗只好点头。他内心其实很希望罗莎和阿莱西娅也在。现在的他完全不知所措——既期待又困惑，还有一丝害怕。毕竟炼金术士曾经说过，米罗的父母在一次热气球坠毁事故中丧生，米罗的奶奶有着不可推卸的责任。

“进来吧。”一个细细的声音从屋里传了出来，米罗随即握住门把手，打开了门。

这是一个圆形的房间，松树的树干贯穿房间的中央。米罗刚进去时，什么都看不清，因为窗帘是拉上的。相比阳光明媚、清风徐徐的户外，房间里又黑暗又狭小。等他的眼睛适应了室内昏暗的光线后，才看到所有家具都是契合房间的弧形边缘而制造的，包括一张占据了大部分空间的大床。床的一边贴着小屋弯曲的墙壁，另一边笔直地朝向房间。一个棕色皮肤、满头白发的老妇人坐在床上。她的身躯在枕头和毛毯的包裹下显得很小。她的呼吸很轻浅，仿佛稍一用力就会让她痛似的。

“是米罗吗？”她低声说，看着他的眼神像是在看一个鬼魂。

“是我。”米罗答道，他发现自己不知道该怎么称呼她，“您是……您是我奶奶？”

“我是。”她说着，并没有把眼睛从他身上移开，“啊，你长得真像你爸爸。”

米罗试探性地往前迈了一步。他发现当自己真的站在奶奶面前时，最大的感觉竟是尴尬和不适。他不知道该和莉娜说些什么。寒暄显得很傻，但是如果奶奶确实应该为父母的意外负责，该怎么开口问她呢？

“您有没有——您多久——”米罗努力组织语言问出他觉得最要紧的问题：“您为什么从来没有联系过我？您为什么不告诉我您还活着？您为什么不告诉我您在这里？”

“唉，米罗，”她说，“我直到最近才知道你还活着。我也不明白为什么没有人早点告诉我这件事。人们的各种麻木不仁的行为，总有各自的理由和动机，不是吗？罗莎跟我发誓，她也只是近几个月才怀疑你依然活着。看来霍拉旭把你藏得很好，还藏了这么久。我真想知道他还对我们隐瞒了什么。”

“他，我想他是不想让——您知道炼金术士吗？”米罗问道，他完全不晓得莉娜知道什么，不知道什么。

“知道。”她回答，“我知道罗莎的，呃，也不能说是她**所有**的秘密吧，”她抬头望了一眼门口，似乎怀疑罗莎在那儿偷听，“但她做的大部分事情我都知道。她为了遏制炼金术士的力量，可是花费了不少时间和精力。我来这里之前，也过着充实的生活，所以我知道他和他的野心。”

“我觉得——我觉得霍拉旭是不想让炼金术师接近我，”米罗说，“他可能是达成了什么交易。您知道这事儿吗？炼金术士想要长词号，霍拉旭知道他会杀了我，而且——”米罗停住了，他忽然想起罗莎让他不要提长词号。

他的话音刚落，莉娜明显来了精神。

“长词号在哪里？”她问道，把身子坐直了些，“现在在这儿吗？你是驾驶长词号过来的吗？你能用那个哨子吗？”

米罗不知该如何作答，他没有说话，想着要是罗莎在就好了。

“你这样子，看起来像一只掉到陷阱里的兔子。”莉娜说着，发出了一声令人不适的笑，仿佛对孙子的反应嗤之以鼻。不过她到底还是耸了耸肩，没有继续这个话题，但是米罗能感觉得到，她只是暂时不纠缠这个问题而已。

“好吧，我们说到霍拉旭知道炼金术士准备杀了我并霸占——长词号，”米罗说，他试图平复心绪，继续说下去，“但是有很多事情我们无法解决，然后霍拉旭……”他又顿住了，不知道该怎么说霍拉旭中毒和他现在的非正常睡眠状态，“您了解霍拉旭吗？他——”

“了解他什么？一个会骗走自己母亲生计的卑鄙小人？”

“不是，”米罗尴尬地说，“他中毒了，是炼金术士下的毒。”

“哦，”莉娜躺回到枕头上，猛地呼出一口气，“这我倒不知道。有意思。”

米罗不敢相信，一个母亲听到自己儿子中毒，反应居然是这件事“有意思”。

“你是自己一个人来这里的吗？”莉娜继续问道。

“不是，”米罗解释说，“我和我的朋友——阿莱西娅。”

“她又是谁？”

“阿莱西娅·德拉·波塔。”米罗答道。

“你说她姓德拉·波塔？”莉娜似乎来了兴趣。

“是的，炼金术士是——他是她的父亲，”米罗说，“不过我们可以相信她。她完全不赞同她父亲的所作所为，也从未协助过他。”

“当然，”莉娜很快回应道，“不过他是个有意思的人，不是吗？”

“您老是说‘有意思’，”米罗大着胆子说，“我不太明白这是什么意思。”

“这么说吧，这个世界是一个有意思的地方，世界上有很多有意思的人。”莉娜笑着说，“根据我的经验，不能简单地把人分成好人和坏人。就说阿莱西娅的父亲，他是一个非常聪明又有野心的人，即便他有一些不那么讨人喜欢的品质。”

“哪怕他想要杀了我？”米罗问道，声音有些颤抖。

“正是，”莉娜的语气毫无波澜，仿佛是在跟米罗平常地谈论天气，“他显然有一些让人讨厌的地方。”

“他还告诉我，”米罗艰难地说，他感觉自己完全被莉娜的气场压制，“我父母的死都是您的错，是您把他们送上那个热气球的。”米罗警觉地感到一股怒气正涌上心头。他长到这么大，从来没人告诉他，他的父母到底出了什么事，为什么他被藏在长词号上那么久，而身边只有霍拉旭做伴。唯一跟他讲过这些事情的人是炼金术士，而他是米罗遇到过的最坏的人，现在他奶奶的表现又和他期待或想象的样子大相径庭。

莉娜又盯着他看了很久。米罗觉得她的行为有自己无从知晓的目的。

“请您告诉我究竟发生了什么。”米罗说。

“我会的，”莉娜终于开口，“我不是不想说，是实在不知道从哪儿说起，因为这个故事有些复杂。话又说回来，可能我们还是得从故事结束的地方，也就是长词号讲起。”

她示意米罗坐到床边的扶手椅上，并重新铺好盖在膝上的毛毯，然后开始讲她的故事。

7

不走寻常路

“我从我父亲那里继承了长词号，”莉娜讲述，“是他把长词号建成了现在的样子，是他想出了如何用书魔法为火车提供动力，让她可以在一层层的想象之间滑行，穿梭于故事世界。大多数书行者对于故事以及想象力的真正力量只有最肤浅的理解。即使是我们的地下图书馆也更注重管理，而不是记录书行者的踪迹、解决问题，以及保护源本这些更重要的事。不过，我听说你和佩吉斯家族有过交集——他们可是一直不走寻常路。

“我父亲从不满足于简单地用想象力在书本中穿梭。他知道一定还有更多需要探索的事情，比如丰富的魔法矿藏在持续为书行提供燃料，书本只是萃取和锻造魔法的方式，并不是魔法的源头。我们经常谈论想象力，但人们并没有真正了解它到底有多强大。想象力能赋予事物生命，但也能摧毁事物。自打人类出现在地球上，想象力就存在了。不幸的是，也有其他人意识到了利用想象力可以创造巨大的力量，比如杰罗尼莫·德拉·波塔，也就是你朋友的父亲。我在来到这里之前，就知道他了。事实上，我的生活还因为遇见他而被改变了。我可能有一些……判断失误，但是他才是这一切的幕后黑手。米罗，你的父母是因他而死，并不是因为我。

“我继承长词号的时候还不到三十岁。那时我父母年纪大了，想要找个舒适安全的地方安定下来——但我并不这么想。我一直觉得，他们只把长词号当作探索故事世界的工具实在是太幼稚了，这么精巧的火车一定还有更厉害的用途。所以我将它重新命名为‘伊芙莉娜文学探索号’，我驾驶着火车周游世界，让普通人有机会体验想象力的力量。那些不会书行的人，或者压根不知道有这样一个世界存在的人，得以一睹我们这些少数幸运儿拥有的这份非凡的礼物。我可以向任何人展示书行的魔法，作为回报，我也获得了很可观的收入。

“起初我是很谨慎的。我把长词号弄得像巡回马戏团那样，人们可以花钱和他们最喜欢的角色共进晚餐或者做其他类似的事情。客人会以为我们只是提供了足以乱真的戏剧服务。你怎么会相信自己见到了真正的杰伊·盖茨比①或者达西先生②呢？当然了，也有了解长词号的书行者，他们会花钱到故事里面探索。周游世界的这些年，我从未看到档案馆。我当然听说过它，也一直在寻找档案馆地图，不过从没找到。我甚至开始觉得它可能只是个传说。

“后来，不会书行的人胃口也开始变大了，那些他们认为的由好

---

①F. 斯科特·菲茨杰拉德的小说《了不起的盖茨比》中的虚构人物，是一个年轻、神秘的百万富翁。

② 简·奥斯汀的小说《傲慢与偏见》里的男主角。

演员扮演的角色已经打动不了他们。所以，我自然而然地就想到了这个方法——肯定已经有书行者想到过，只是不敢尝试。我开始将非书行者带到书里去。当然了，他们无法控制书行，他们不像我们可以通过读书书行到书里，也不能把书里的角色带到书外。其实就算是书行者，在他们书行的能力定型之后也很少有人能做到这一点。顾客能看到我带到长词号上的书中角色，纯粹是驱动长词号的书魔法起的作用。然而我很快意识到，我也可以把人带到书里去——就像你可以抓着你的朋友把他带到书里，把非书行者带到书里也是一个道理。不过，当然了，你不能在没有任何解释的情况下把人带到书里去——这事也没有简单到这种地步。

“我就是在这个时候遇见了炼金术士。也不能说是幸运，可能冥冥之中自有天意吧。霍拉旭并不是博尔特家族第一个遇到杰罗尼莫的人，知道这个你是不是很惊讶？当时我以为只是巧合，不过现在我知道，是他做的关于书魔法的实验让他找到了我，而我做的事情也引起了他的注意。也许我本应该更敏锐地觉察到他对长词号的企图心，但是他为我提供了满足顾客需求的方法。他调制了一种药水，只要把药水放到长词号的茶水里，客人们喝了之后就会……意识模糊。他试图向我保证这药水都是用纯天然的原料调制的，不过他很快发现我并不怎么关心药水的成分，只要不会造成持久的伤害就行。这下我可以做自己想做的事情了。我可以把非书行者带到他们想去的任何地方，等他们回到现实世界后，也并不太清楚究竟发生了什么。

“药水没给他们造成任何伤害，但我很快发现人们有些上瘾——

不是对药水上瘾，而是对书行这种感觉欲罢不能。他们记不住细节，只记得这段经历美妙至极，因而想要更多。我想大多数人的猜测是他们服用了某种致幻类药物，我也从未纠正过这种想法。毕竟事实基本就是这样的。”

如此大的信息量让米罗一时反应不过来。而且，奶奶越是提到炼金术士，他就越是为阿莱西娅的不在场感到不安，毕竟她也有权利知道这些关于她父亲的事情。

“也许，”他开口打断了还沉浸在故事里的莉娜，“也许我们可以下楼去图书馆，这样罗莎、阿莱西娅就可以和我一起听您讲接下来的故事了，我想阿莱西娅也需要知道。”

“你刚才说，阿莱西娅知道她父亲是什么样的人？”莉娜说。

“对，所以我不应该先于她知道这些事情，”米罗坚持说，“罗莎也说过，我们准备好后，您会带我参观图书馆。”

“那随你吧，”莉娜耸了耸肩，“我正好可以边喝茶边说。你能扶我下楼吗？”

米罗点了点头，站起身准备搀扶莉娜。莉娜掀开被子，转身向床边，牢牢抓住他的胳膊，好支撑自己站起来。她的个子只和米罗一般高，而且非常瘦，他感觉得到她的手指紧紧地攥住他。

“帮我拿一下披肩。”莉娜指了指搭在椅子上的一条五颜六色的围巾。

米罗用另一只手拿起围巾，围到莉娜肩上。莉娜一手抓着米罗的胳膊，一手拿起一根木制雕花手杖，他们缓慢地走到屋外，穿过小桥，走下台阶来到第二层平台。

树屋的这一层结构最为庞大。这间大主屋围绕中央的橡树而建，其他较小的木屋则四散开来，蜷缩在树木之间。莉娜朝着门的方向点了点头，米罗随即推开了门。

那一刻，米罗意识到自己反而被莉娜扶住了，如同他支撑着她那样。因为这里的景象让他叹为观止，他从没见过这么美的图书馆。

这座图书馆并不是米罗见过的最大或最富丽堂皇的图书馆，却是最可爱的，瞬间让他感觉安心。

8

一次可怕的事故

图书馆以橡树为中心而建，一条长凳环绕树干一圈，上面放满了靠垫。图书馆的占地面积不大，但天花板极高，馆内摆着一些梯子，通向狭窄的楼梯、阳台和几扇拱门。米罗猜想，这些拱门肯定是通向他刚刚在门外看到的那几个小木屋的。阳光从小小的窗户照进来，米罗可以看到室内挂着一串串小彩灯，还装了很多用于晚间照明的灯。图书馆里到处是书：各种尺寸、颜色的书摆在靠墙的书架上，书架的高度直逼天花板，上面的书也摞得高高的，书架之间的空隙里还塞着一些书，甚至屋顶上挂着的铁丝笼里也放了书，铁丝笼依靠绳索和滑轮装置悬停在空中。

罗莎和阿莱西娅正坐在一个封闭的木头小火炉前，听到米罗和莉娜走进来，她俩抬起头，满脸诧异地看着他们。阿莱西娅的一条腿正搁在一条板凳上，脚踝刚缠上新换的绷带。屋里弥漫着一股薰衣草香和一种米罗无法形容的气味。

“米罗决定让阿莱西娅小姐也听听这个故事，”莉娜突兀地开口，“因为这关系到她父亲。”

阿莱西娅瞥了米罗一眼。他本想回以一个让她安心的眼神，但他不确定她听到炼金术士的阴谋和恶行之后，会是什么样的感受。

“大家想喝茶吗，我去沏?”罗莎小心翼翼地问。她似乎吃不准莉娜和米罗相处得如何。

“麻烦你了，谢谢。”莉娜说着，自顾自地在小火炉旁坐下来，“我可以先给德拉·波塔小姐讲讲我和她父亲的过往。”

“好，我会尽快的。”罗莎连忙起身，并对米罗说道:“厨房就在楼下。莉娜和我喝绿茶比较多，但是我们这儿什么都有——米罗，你喝点什么?阿莱西娅，给你来杯热巧克力?”

“可以，谢谢。”阿莱西娅答道。

“我也一样，麻烦你了。”米罗说。他不知道自己是否喝得惯绿茶，此时此刻他需要喝点让自己安心的东西。

在罗莎去泡茶的间隙，莉娜给阿莱西娅重复了一遍故事最后的那部分，听到下药的情节时，阿莱西娅始终高昂着头，面无表情。不一会儿，罗莎用背顶开了图书馆的门，小心地端着一个托盘朝他们走来。

米罗提醒自己，不管罗莎的图书馆让他感到多么舒心，罗莎本人仍然是个未知数。从炼金术士甚至霍拉旭谈起她的方式来看，他本以为她会是一个非常令人生畏的人。他想不通，眼前这个友善、热情并且拥有如此温馨的树屋图书馆的女士，怎会成为所有人的死敌。她看起来丝毫不危险，相比她给霍拉旭的那封语气生硬的信，她本人和善多了。

罗莎把托盘放在沙发之间的桌子上，接着把两个盛满热巧克力的敦实的马克杯分别递给阿莱西娅和米罗。一个蓝白花纹的茶壶里飘出清新诱人的味道，小盘子里堆满了脆脆的奶油酥饼。米罗咬了一口饼干，才意识到自己有多饿。等大家都喝上饮料、吃着饼干，罗莎看向莉娜:“你准备好继续讲你的故事了吗?”

“好了。”莉娜答道，她放下杯子，把披肩又裹紧了些。

“就这样，炼金术士和我一起工作了很多年。后来，我有了双胞胎儿子，就是霍拉旭和你爸爸亚瑟。尽管我对两个孩子隐瞒了很多细节，但你爸爸还是明白了我们在做什么，从那一刻起他就对长词号上提供的服务有些抵触。他恳求我让他去一所普通的寄宿学校，但我不想让他离我那么远。

“你爸爸长到十八岁，就去了一家书店工作，在那里他遇到了你的妈妈赛拉。尽管他对我的所作所为有所顾虑，但我们还是一直保持联系。你的父母满足于生活在现实世界中，只会为了自己的乐趣而书行。不过你出生后，米罗，他们就时常来长词号上坐坐，让我可以多与你相处，当然也是为了让你的叔叔霍拉旭认识你。霍拉旭对于长词号上的业务总是有更具体全面的理解。他在是非问题上比较灵活变通，很长一段时间以来，我们的合作都很顺利。

“但有一次你父母来长词号的时候——那时你还是个小婴儿，米罗——我刚决定将《绿野仙踪》用作我的新冒险。炼金术士之前就一直说这是个理想的目的地，当我提到家人们要来看望我时，是他建议我们可以去乘坐《绿野仙踪》里巫师的热气球。后来，罗莎把他与这本书的特殊关系告诉了我，可我当时没想那么多，更何况他的计划看上去并没什么可疑之处，毕竟这本书本身就很有名气。要是炼金术士再跟我多讲讲就好了。那时我常猜测他是不是希望我成为他的门徒，这样他就可以跟我分享更多的秘密和研究……

“总之，我们现在接近故事的尾声了。有了热气球旅行的想法，我就立马决定了。这是件一石二鸟的事：既是一次家庭一日游的机会，又能先去奥兹国探探路，以后好向我的顾客推荐。我们本来应该一起去的，但是临行前我忽然接到了大英地下图书馆的一封信，信上说有人已经告诉他们我在做什么。他们似乎认为自己对我有某种管辖权，但事实上我从未在任何地下图书馆登记过，也没有任何国家的护照。他们要求我去伦敦报到，接受有关把非书行者带到书里之事的讯问。这件事我没和亚瑟说，他是那么循规蹈矩的人，这会让他担心，但我把信给霍拉旭看了。我并不想去伦敦，我不想让他们有机会剥夺我的自由。所以我告诉霍拉旭，我需要一些时间思考对策，但他们还是应该去奥兹。

“我以为他们可以度过美好的一天，等他们回来，我也一定想出了能逃避地下图书馆的完美对策。但我看到霍拉旭只身一人踉踉跄跄地回到了长词号，他浑身是血，还哭个不停，连一句完整的话都说不出来，状态非常糟糕。他告诉我发生了一场可怕的事故，让我必须现在立刻离开，否则我的生命也会有危险。他悲痛至极，一直在说所有人都死了，他该做的都做了，还说如果地下图书馆发现是我的计划导致了他们的死亡，我一定会被捕入狱的。他坚持让我交出司机的哨子，然后驾驶长词号到诺森伯兰郡，之后把我送到亚瑟和塞拉的空房子就走了。我想你会不会没死，他一定是把你藏在了某个地方，等我走了再带你回长词号。从那以后的很长一段时间里，我都没见过他。”

故事讲完后，大家都沉默了，莉娜抬起头说：“米罗，我之前一直以为你已经死了。要是说我的行为没有导致那天可怕的事故，显然是不公平的，但是真正该被谴责的人在威尼斯，就是那个炼金术士。”

9

一个风雨交加的黑夜

米罗坐在那里，震惊到说不出话。他一时无法消化这么多事情。他看了一眼阿莱西娅，她此时满面愁容。罗莎对上了米罗的目光，有那么一瞬间，他以为她要靠近并给自己一个拥抱。她并没这么做，这让他松了一口气。莉娜似乎并没为她讲的故事感到特别惭愧或难为情，只是疲惫不堪。

“那您最后怎么到树屋来了呢?”米罗率先打破沉默问道。

“莉娜找到我，已经是很久之后的事了。”罗莎回答道，“我知道长词号，当然了，它的行踪一直非常隐蔽，之前也一贯如此，所以我也只是有所耳闻。虽然大多数人从未见过博尔特家族的成员，但坊间一直流传着他们的故事，我也听到有小道消息说发生了可怕的事情。霍拉旭在保持业务的私密性这方面比莉娜做得好多了——他只为极其有限的客户服务，并且只有他认为应该知道的人，才知道他可以走私书籍。我相信这点你也清楚，米罗。我真希望他能在这儿，帮我们补上缺失的信息。”

米罗点点头，他对叔叔极度谨慎的行事风格再了解不过了。

“霍拉旭在很大程度上成功避开了地下图书馆的追踪，”罗莎继续说道，“所以我一知晓他的活动，就成了他的客户，通过这种方式来关注他的行动。不过我得承认，他为我搜寻到的书和手稿是真的非常有用。他确实很擅长搜寻那些最晦涩和危险的东西，我一度以为那些书只存在于传闻中。

“我真正见到莉娜，是在一个风雨交加的黑夜。那晚霍拉旭忽然在这里现身，他看上去痛苦不堪、疑虑重重。他说他不知道怎么办，而我是唯一可以帮助他的人。我们聊了聊，我从他那里获得了更多关于炼金术士的信息。他逐渐冷静下来，彼时我们意识到彼此的目标是一致的。更重要的是，如果我们的能力组合在一起，也许能够阻止炼金术士的力量继续扩大。那次谈话中，他还跟我讲了莉娜和她驾驶长词号的经历，以及那次事故。他必须把莉娜藏起来，不能让她被炼金术士和地下图书馆发现。所以我提出在我和霍拉旭共事期间，让她住到这里来。”

“其实就是把我囚禁起来呗。”莉娜说。米罗听不出她这话是开玩笑还是认真的。

“在我看来，你能被关在这么漂亮的监狱，已经很幸运了。”阿莱西娅言辞激烈又斩钉截铁地说道。莉娜只是发出了一声讥讽的嗤笑，然后靠在椅背上，闭上了双眼。

“米罗，这么长时间里，我一直都不知道你的存在。”罗莎继续说着，并没有理睬莉娜和阿莱西娅，“你叔叔是个复杂的人，他并不完美，但是他为了不让炼金术士发现你，真的把你藏得很好，以至于任何人包括你的奶奶都不知道你还活着。直到今年春天我才有所怀疑，因为我在地下图书馆听说曾有一个书籍走私贩带着一个小男孩现身。结合我对莉娜家人的了解，我就去问了霍拉旭，他闪烁其词的回答让我明白了你是谁。他并没有确认任何事情，不过我想这肯定和炼金术士有关。”

“对不起。”听罗莎讲完，阿莱西娅对米罗说。

“为什么道歉?”米罗疑惑地问道。

“我觉得事情已经很清楚了，我父亲应该为你父母的死负责，”她的声音颤抖着，“不仅是因为他怂恿你们去奥兹国游玩。你知道他对那本书有多么强大的控制力，我想他是打算在那天杀死你们全家，这样他就可以接手长词号。”

米罗点了点头，确实想不到其他的可能性了。

“那你为什么要道歉呢?”他问道。

阿莱西娅抬起头，一脸困惑地看着他。

“你告诉过我，不要为自己没错的事情道歉，不是吗?”米罗说着，轻轻地捏了一下阿莱西娅的手。

“我要发表一下自己的看法，阿莱西娅，希望你别介意。”罗莎温柔地附和道，“在我看来，谁指望你这么大点的孩子采取行动来阻止自己的父亲，都是残忍和不公平的，更别说你已经做的那些好事。你帮助米罗逃出威尼斯，还学习和掌握了很多有用的信息。当我们意识到自己的家人做错事时，站出来与家人对抗是一件非常难的事，在我看来，你已经非常勇敢了。”

阿莱西娅眼中噙泪，向她微笑了一下。

“我有一个问题，”米罗对阿莱西娅说，“为什么你父亲没有杀掉霍拉旭呢？他明明有机会的。”

“他从来不愿意脏自己的手，”阿莱西娅说，“他会雇人去做那种事情。我猜这就是他写那份合同的原因。特别是当他相信你叔叔就是你们家的最后一名成员，他很乐意再多等等，同时又可以使用你叔叔的服务，他还需要……”

“抱歉再次打断，”罗莎说，“我得消化一下这些信息。首先，我相信霍拉旭对这件事的参与肯定比我们知道的要深。我相信他还活着一定另有隐情。但更要紧的是，你刚刚说的‘合同’是什么？”

米罗抬起头，正好看到莉娜的眼睛睁开了一条缝，她仍然仰躺在椅子上，貌似在休息，可她紧绷的身体却暴露了她对于谈话的密切关注。虽然罗莎提醒过米罗不要提长词号，但既然莉娜已经把事情都告诉了他们，米罗当然可以回答这个问题。

“霍拉旭签了一份合同，内容是他没有在世的亲属，长词号在他死后会归炼金术士所有。”米罗慢慢地说，“这显然不是事实。我甚至都不确定长词号的魔法是不是可以这样运作。不过你当时是在和霍拉旭合作呀，他没有告诉你吗？”

“你叔叔会把自己的底牌捂得死死的，我想这点你应该不惊讶吧。现在他昏迷不醒，事情就更难办了。”罗莎说，“我从没奢望他把所有事情都告诉我，而且我怀疑他还试图和炼金术士促成别的交易。当然了，我并不知道保护你也是他耍这些手段的目的之一。米罗，现在他自己都被炼金术士下了毒，我也无法弄清事情的原委。但是你们说有解药？”

“差不多吧，”阿莱西娅回答说，“确切地说，是解药的配方。我们需要你的帮助。”

“给我看看，”罗莎说，“我们的当务之急是尽快让霍拉旭醒来。要不我们三个先去吃午饭，再商量接下来怎么办？莉娜，如果你饿的话，我一会儿带点吃的上来给你。”

“谢谢，”莉娜说，“这些事也够我琢磨一会儿了。”

三人下楼到了树屋的最底层。米罗有些恍惚，他知道了父母的事情后，想找时间来缅怀一下他们，可他满脑子都在担忧莉娜的行为和动机，以及救霍拉旭的紧迫性。他知道，暂时把所有关于父母的想法抛诸脑后并不好，可他没有更好的办法了。他这个奶奶会随随便便给人下药，还对炼金术士的所作所为有着令人不安的崇拜，单是这些已经够他愁的了。他本以为让她待在这儿是为了她的安全，现在看来也是为了阻止她在外面胡作非为。蒂莉外婆的样子在他的脑海里闪过：佩吉斯书店的埃尔茜，她对每个人都很照顾，不仅经营着书店，也非常爱蒂莉。

米罗提醒自己，最关键的是他们今早知道了很多此前不知道的事情。从目前已知的情况来看，罗莎应该是他们的新盟友，并且她似乎有信心搞定解药。莉娜虽然并不是他所期望的样子——确实不是，不过就在一天前，阿莱西娅也还是一副尖刻又滑头的样子呢，但她现在一跃成为他在这个世界上最信任的人。至于他的叔叔，米罗很难对他有什么评价——故事缺失的情节只有霍拉旭才能告诉他们。也因此，补全故事的唯一办法是弄清楚解药的配方。

厨房不大，但很温馨，而且香气扑鼻。里面摆放着一个红色冰箱、一些碗柜和一个配套的烤箱，显得井井有条。圆形的窗户开着，从窗外传来湖水的潺潺声和鸟鸣声，架子上有一台收音机，播放着舒缓的钢琴曲。一张木桌靠墙放着，四个凳子收在桌子下面。罗莎走到灶台边，打开一个锃亮的蓝色小锅看了看，然后拧开煤气灶。

“欧洲萝卜汤可以吗？”她问道。米罗和阿莱西娅急切地点了点头。罗莎在厨房里忙活了起来，她坚持让他俩坐下来休息，说自己并不需要他们帮忙。她从烤箱里拿出了一条热乎的硬皮面包放到桌上，配上一盘金灿灿的黄油和一块脆脆的奶酪，又从几个碗柜里拿出了五颜六色、各式各样的碗、餐具和杯子。很快，他们三个就坐在了桌前，面前盛好了热气腾腾的汤。

“你的脚踝感觉怎么样？”罗莎问阿莱西娅。

“真的好多了，”阿莱西娅惊讶地说，“我都忽略了，说明它在好转。那个药膏一定是有魔力。”

“只是各种草药和植物的魔力罢了，”罗莎笑着说，“有作用就好。”

这么久以来，米罗头一次觉得也许一切都会好起来的。能做出这么美味的汤羹的人，一定可以帮助他们渡过难关。

10

比我想得还要稀奇古怪

饭后，罗莎又沏了茶。米罗这次尝了尝绿茶，发现味道非同一般，很是沁人心脾，和他想象中草的味道一样——不过是比较高级的草。他很喜欢这个味道。

罗莎说："米罗，关于莉娜，你一定有很多想问的，我很乐意解答你的问题。不过我们要不要先聊一聊能做些什么来救霍拉旭？我们可以先看看解药配方的成分，好知道需要准备什么东西。可以麻烦你把那本毒药纲目拿给我看一下吗？"

"没问题，"米罗感激地说。

阿莱西娅拿出她那本破旧的笔记本递给了罗莎。罗莎把书页抚平，好让他们三个都可以看清楚成分表，阿莱西娅是在她父亲的书房里匆匆忙忙地把成分表抄下来的，因而字迹略显潦草。

只见第一页写着："他在书里下的毒的解药？"米罗看到标题末尾的问号歪歪扭扭，都快写出去了。

下面接着写道：

1. 注入生命的死亡，以彰显毒药的威力；

2. 非自然事物的一个标志，以显示想象力的力量；

3. 一件正当盗取之物，以表明解药的效力；

4. 一件被遗忘之物，以弥补逝去的时间；

5. 一件不可能之物，以打破它们的束缚；

6. 磨碎的姜根，以缓解患者醒来时的疼痛；

7. 第七样（为确保完整性）：阅读者的记录，为了明确其意图。

要制成解药，需要将除了最后一样的所有成分提取出来，投入第五样元素的火焰中。待火焰变色后，再加入阅读者的记录，以确保其能用于特定的患者。需在加入阅读者记录后七小时内给患者服下。

“好吧，”罗莎道，“不得不说，这比我想得还要……稀奇古怪。”

“是啊，”米罗慢吞吞地说，“你之前说不确定其中的某些成分是什么，当时我以为你的意思是你没听说过这些东西，没想到竟是这种谜语一样的东西。”

“哦，我父亲一向认为自己有作诗的天赋，”阿莱西娅神色严峻地说，“他认为这样可以展示他的聪明才智，他还认为自己会成为这个世界的统治者。绝大多数的当代领导人他都不喜欢，他认为需要拥有——他的原话是怎么说的来着？——艺术家的灵魂才能成为掌权者。我猜，另一个原因是让其他人很难破解它的真实含义，所以没法制作解药。”

“但是你之前说你知道其中部分内容的含义。”米罗提醒阿莱西娅。

“我很确定这里面列的东西很多来自书里——因而需要用到想象力，”她说，“但我不知道他是怎么把书里的东西带出来的，或者说，他是怎么把书里的东西制成解药的。”

“在这方面我也许能帮上忙，”罗莎说，“前提是得弄清楚，我们需要什么东西以及如何获取它们。你们还有其他线索吗？”

“我只知道至少有一样东西他是从地下图书馆拿到的——他以前经常去罗马的地下图书馆。他肯定在那里安插了图书馆管理员当间谍或者卧底。”

罗莎仔细查看着成分表。忽然，她指着第四项问道：“我知道你当时必须很快写完这个单子，这一项有没有可能抄错了？你是直接从意大利语翻译过来的吗？这项是否应该是‘一件遗失物管理处的东西’，而不是‘一件被遗忘之物’？”

“我父亲经常用英语书写，”阿莱西娅答道，“他说他经常同时用英语和意大利语思考，偶尔也用其他语言思考。不过我确实有可能写错，我写得太急了，所以字迹才这么潦草。很有可能是‘遗失物管理处’，这样更说得通。”

“如果是这样的话，我想我知道意思了。”罗莎说，“每个地下图书馆都有一个遗失物管理处。你们知道环衬对故事和角色会起到缓冲的作用吗？环衬会确保书里的事物各归其位，不至于走错。”

“我知道，”米罗说，“蒂莉可以通过它们去地下图书馆，因为她是个半虚构人物。你知道蒂莉……吧？”米罗意识到自己已经默认罗莎知晓一切，因为她显然拥有这么大的能力和关系网。

“我是知道一点，”罗莎承认道，“她是个半虚构人物，这并不是什么秘密。她在地下图书馆放出了所有源本书，这件事也是尽人皆知。她可以从环衬穿越去别的地方，这件事倒是挺有意思。”罗莎虽然这样说，可她最后那句话的语气，还是让米罗感觉她似乎也已经知道这事儿了。

“一旦解决了解药的问题，我们就得好好聊聊蒂莉以及她目前的情况。”罗莎继续道，“先说回地下图书馆的遗失物管理处。据我了解，它们专门处理在环衬走失的书行者，可能也会处理一些物品，不过我从没去过遗失物管理处。阿莱西娅，我想你父亲可能很轻易就能拿到那里的东西。不过这对我们来说就有些困难了。”

“如果我们要去大英地下图书馆，我相信蒂莉可以帮忙，”米罗说，“你可以直接和她说。还有阿米莉亚·韦斯珀也可以帮忙，她目前是大英地下图书馆的负责人，也知道我们的事。也许她能让我们拿个小东西。”

“太好了，”罗莎说，“我也非常希望确保蒂莉和佩吉斯书店的安全，这样就可以一举两得。现在解决了一种成分，接下来——配方里还有些什么？”

“姜根，”阿莱西娅回答道，“但是我知道那是什么，显而易见。”

“是的，不错，又轻松搞定了一项，”罗莎说，“我这儿有很多生姜。”

“我们还知道阅读者记录是什么，”米罗说，“我们有霍拉旭的记录，是从档案馆拿到的。但是……呃，记录簿上的字已经变得模糊不清。不过我们可以给你看看，记录簿在长词号上。”

“既然你提到了，要不让长词号停得离这儿近一点，然后给我看看那本毒药纲目？”罗莎问道，“我希望它能帮助我彻底阻止炼金术士，而且我对于解药配方中的一种成分有一些隐约的猜测，说不定在那本纲目里有用得到的东西。我们可以先行动起来，同时再想想如何破解那些更隐晦的话。”

“隐晦？”阿莱西娅问道。

“意思是很难理解的东西，或者只有具备一定专业知识基础的人才能理解的东西。”罗莎答道，“我很高兴你问了出来，我一直认为有不懂的词是一定要问的。”

受到表扬的阿莱西娅喜形于色。

“米罗，对于做成这件事，我是持谨慎但乐观的态度，”罗莎说，“我觉得我们三个一起努力，希望还是很大的。”

“真的吗？”米罗问道，他感觉又看到了希望的曙光。

“让我们全力以赴吧。”罗莎说，“对炼金术士本人和他的手段的每一点了解，都有助于我们想出阻止他的办法。甚至他调制药剂和毒药的方式，也能帮助我们了解他的行事方式和弱点——倒不是说做事浮夸是他的弱点，不过也许我们可以利用这一点来对付他。现在请你们能带我去看看长词号吧，接下来就可以开始收集那些成分了。”

11

这个温室不寻常

三人走回有那棵梧桐树的路上，罗莎跟他们讲了一些自己在做的事情。

“我们拿到毒药纲目后，我就带你们去温室，”她说，“那是整个树屋里除了图书馆我最喜欢的地方。对了，霍拉旭是怎么把毒药纲目从奥兹国里带出来的呢？”

“不是他带出来的，”米罗解释道，“是蒂莉和我。”

“那你们真是太厉害了，”罗莎说，“你真的从你叔叔那里学到了些本事。”

“也不全是我，”米罗说道，罗莎把他和他叔叔相提并论，他一时不知该作何感想，“主要是蒂莉的功劳，她可以把书里的东西带出来，这是她的另一项特殊的书行能力。也正因为如此，炼金术士才认为蒂莉是匿名读者。”

听到这里，罗莎突然刹住脚步。“你说什么？”她尖叫着问道。就在这一瞬间，米罗明白了为什么有人会惧怕她。

“炼……炼金术士认为蒂莉是匿名读者。”

罗莎似乎在努力让自己冷静下来。“我也是这么想的。抱歉，我只是没想到会从你的嘴里听到这个词，”她说，“这是个坏消息。关于这件事，他还说过什么吗？”

“只说过他认为她是，还有，呃，他想让蒂莉帮他拿到《万书之书》。他认为那本书在这里……”

“真的在吗？”阿莱西娅好奇地问道。

“不在，”罗莎沉吟了一下说道，“不过鉴于我是保守这个秘密的人，也是唯一知道它真正藏在哪里的人，我没理由不相信你们的信息。《万书之书》一定不能落到他手里。他让蒂莉去找这本书了吗？肯定是威胁过她吧？”

“他试图和蒂莉做个交易，”米罗解释道，“但那肯定是在我们逃跑之前。他那时并不知道阿莱西娅偷走了解药或者说是配方。他本来是想用蒂莉外公的健康作为筹码来换那本书。他现在应该知道我们拿到解药配方了，但是我不知道他还要多久才会意识到我们也可以制成解药。”

“我们最后一次听到他的消息，是他通过长词号给蒂莉捎了个信儿，”阿莱西娅接茬道，“信里又说了一遍，如果给他《万书之书》，他就可以提供救阿奇的解药。一旦他知道蒂莉的外公已经醒了，他失去了这个筹码，我就不知道他下一步会怎么做了。”

“那蒂莉现在还安全地待在佩吉斯书店吗？”罗莎问。

“还在，”米罗说，“如果我们按计划需要让她去地下图书馆帮忙，你很快就可以亲口问她了。”

“了解，我们配制解药又多了一个理由。”罗莎说。

他们很快来到长词号，罗莎认真地欣赏起了这列火车。

“天哪，她真是太美了。”她轻抚着长词号铿亮的外壳说道。

“进来吧。”米罗说。在罗莎的注视下，他有条不紊地拿出钥匙，心满意足地打开了车门。他意识到自己自豪的心情，这种感觉对他而言很陌生。“在给你看记录簿和毒药纲目之前，我们是不是需要先把火车开回树屋？”他一边问，一边从随身挂在脖子上的链子里掏出了司机口哨。

“好主意，”罗莎赞成道，“我觉得停在湖边比较好，你说呢？”

罗莎并没有问他是如何操作口哨和长词号的，这一点让米罗很喜欢。罗莎觉得把这些交给米罗去做就够了。她似乎有一种在哪里都能保持泰然自若的本领。她好奇地四下环顾车厢，但并没触碰任何东西。

米罗吹响了口哨，尽可能清晰地想象着湖边的样子。他每驾驶一次长词号，都会感觉比之前更驾轻就熟了。他能在脑海里定位到正确的位置，告诉长词号他想去哪里，并且他很确信她能够理解，就如同用钥匙精准地插进锁孔打开门一样。

不消片刻，长词号就开回了树屋，他们把她停在湖边的树丛中。米罗很开心她能停得这么近。

“你们带过夜的衣物了吗？”罗莎提议道，“我想你们可能会在这里过夜，虽然我也能给你们搜罗些，不过肯定是穿自己的更舒服。”

“我从威尼斯来的时候只带了一个背包，”阿莱西娅说，“不过目前也够用。”

“我去我的车厢里拿点过来，”米罗说，一面穿过火车跑向他那个舒适的小房间。他尽可能快地收拾了些干净的衣物出来。

当他回到办公室，阿莱西娅正收起那些字迹模糊的记录簿准备走。她指了指霍拉旭的那些全是密码的笔记本，米罗向她点头示意可以带上，毕竟他寄希望于罗莎可以破解上面的密码。阿莱西娅把这些笔记本也收了起来，米罗也把背包背上，然后从桌上拿起了那本毒药纲目。

“这是给你的。”米罗在打开长词号的车门前把它交给了罗莎。

“谢谢，”罗莎说，“你和蒂莉能找到并拿到它实在让我觉得太不可思议了——你们两个和阿莱西娅显然组成了一个神奇三人组。”

“你拿着它方便吗？”米罗礼貌地问道，“它挺容易损坏的。”

“方便，谢谢你。”罗莎一面说，一面小心翼翼地走下火车，“我要直接把它拿到我的温室，你们要不要一起来？作为一名植物学家，我的大部分工作是在那里进行的。当然了，我的许多实验和发明都和书魔法沾点儿边，所以那里并不完全是一个普通的温室。”

米罗和阿莱西娅都迫不及待地点了点头。现在米罗把她当作罗莎，以至于他都差点忘记了她还是他们耳闻已久的植物学家、炼金术士的劲敌。他很想知道她在哪里进行她的工作，更确切地说，是她做了些什么。如果她做的事情足以威胁到炼金术士，那一定很有趣。一个人可以如此强大，又如此善良，这让米罗钦佩不已。

回到树屋后，他们顺着楼梯上到最顶层，那里有一个平台，搭建在最高的树枝和树叶之间。平台上是一个圆形的玻璃温室，像许多其他小屋一样。

“可以帮我开下门吗，米罗？”罗莎问道，她捧着毒药纲目腾不出手来，“门没锁。”

米罗伸手握住精美的金属把手，打开了门，然后退后一步，让罗莎走到前面带路。

12

谜语

米罗环顾四周，这树屋真是一处比一处神奇、美丽。

房间中央放着一张木桌，桌上堆满了笔记本、图纸和参考资料，有一些打开了，上面画着一些结构复杂的植物和树木。他们的头顶上方挂着长长的绳索，上面系着一些干花草，一侧玻璃墙边码放着一排摆满陶土花盆的架子。另一侧的一个橱柜里放满了贴有标签的小瓶子，但距离太远看不清标签上的字。角落里放着一块黑板，上面写满了笔记和图表，还有一个烧木柴的小炉子和一把破旧、松软的红色扶手椅。这里尽管杂乱又拥挤，却让米罗有了无比宁静的感觉。

“欢迎来到我的温室！”罗莎高兴地说，“不过这里更像是我的书房。你们可以看到我确实在这里种了些花花草草，但我所有的工作和研究也都是在这里进行的。”

“我还是不太明白，你的工作到底是什么？”阿莱西娅直截了当地问道。米罗本能地为她直白的问题感到尴尬，不过他一向很佩服她问出这些问题的勇气。

“怎么说呢，”罗莎说着，同时把毒药纲目放到桌子上，“如果说你父亲的研究介于书魔法和科学之间，那么我的研究就是介于书魔法和自然之间。不过这只是一个过分简化的解释，因为我也会用到很多科学元素，他显然也是尊重自然规律的。但是在书魔法和想象力这方面，他是试图操纵和改变现有的东西，而我则希望保存和保护它们。”

“抱歉，这个问题可能有些不礼貌，”米罗说道，“但是为什么呢？你似乎对一切和书行有关的事情都有……很深的了解。你知道很多鲜为人知的事。你是怎么成为《万书之书》的守护者的呢？”

“这个问题问得很好。”罗莎答道，“我并没有一个正式的职位，这不像是在地下图书馆，所有事情都流程化、正规化。我从我母亲那里继承了守护者的职责，她教给我一些知识，用以防范任何人利用《万书之书》操纵书行世界。现在，我们来看看能在这个纲目里找到些什么吧。我觉得很可能找到一些能对抗炼金术士的东西。”

“那你觉得里面也能找到对解药有用的东西吗？”米罗问道，“比如正好能对应其中一个谜语？”

“有这个可能，”罗莎答道，“不过这就要碰运气了——我刚刚也在尝试破解其中一个谜语。”

“你想找的是什么呢？”罗莎正解开系住毒药纲目的金属扣时，阿莱西娅问道。

“北欧神话中有一种物质叫作埃特尔（eitr），”罗莎说，“传说它既能开启生命，也能结束生命。它是所有生命的起源，但也可以毒害神灵自身。事实上，冰岛语中的‘**毒药**’（eitur）一词，就是来自这个词。我在想它会不会是第一种成分。炼金术士自己制作毒药，确实有可能用到它。‘**注入生命的死亡**’，埃特尔是一种可以赋予生命的毒药，听起来挺像的。

“还有至关重要的一点，埃特尔可能也是将炼金术士从他对书魔法的畸形控制中剥离的关键。我知道他一定是从某个非常强大的地方汲取了力量，莉娜告诉我热气球事故后，我曾怀疑这个地方是《绿野仙踪》，但我现在确信了。就算能使他不再拥有对书魔法的畸形控制，也并不一定就能打败他，但是我相信可以重创他的力量，让我们有机会阻止他。所以我才让霍拉旭帮我找到这本毒药纲目。”

“所以这个什么埃特尔，它在这里吗？”阿莱西娅急不可耐地打断她。

罗莎将注意力转向了抽屉和瓶子上破旧的标签。她依次读标签上潦草的字迹，打开分装的小抽屉或小瓶子，又闻了闻里面的气味，渐渐地，她的动作越发急躁。她把空的抽屉都倒在了桌子上，想看看有没有暗柜或者夹层。

很快就只剩下了一个空瓶子，上面没有任何标签。罗莎把它扔在桌上，深吸了一口气。

“它是不是……不在这里？”米罗紧张地问道。

“似乎不在。”罗莎答道，她用手抚了抚前额。

“这是什么？”阿莱西娅问道，她把那个没有标签的瓶子的底部亮给他们俩看。玻璃瓶底刻着一个非常小的符号，刻得很粗糙，看起来像一个变了形的大写字母 F，因为那几条横线是斜着的。

罗莎目不转睛地盯着它，说：“我想这是一种符文，我不知道它是什么意思。不过如果它是以某种形式存在的埃特尔，或者是炼金术士调制某种混合物的原料，我觉得这么想不会太离谱。它看起来肯定是北欧文字，我们需要查一下。但不管怎么样，瓶子已经完全空了。”她摇了摇瓶子，里面确实一滴也不剩了。

"但如果那个符文确实意味着埃特尔，那么你说的没错，我父亲至少曾经拿到或者用过一些埃特尔。"阿莱西娅说，她试图保持积极的态度，"也许我们可以和蒂莉一起书行到一个神话里面去，再拿点回来！"

"或许吧。"罗莎答道，她失望地坐了下来。

"我在想我叔叔的笔记本里会不会有什么线索。"米罗提议，他把笔记本拿了出来递给罗莎，"先给你说一声，里面的内容都是用密码写的，我们一点儿也看不懂。"

"你叔叔和被他捂得死死的那些秘密，"罗莎接过笔记本，叹了口气，"不过还是谢谢你给我看这些。"她翻看了几页，又深深地叹了一口气："我需要点儿时间处理这些，但眼下的问题是，如果我们不能用埃特尔，那么还能用什么来制作解药。'注入生命的死亡，以彰显毒药的威力'，这是你们的成分表里面的话，但是如果可以，咱们最好不要为此牵扯到太黑暗的事情里。"

"吸血鬼有可能吗？"阿莱西娅提出，"有几本吸血鬼小说，我一直想书行到里面去看看呢。"

"这个思路倒是挺符合，但是我不太确定咱们能从吸血鬼身上拿到东西啊。"罗莎说。

"有道理，"阿莱西娅点了点头，"不过我觉得这至少是一个挺好的备用方案。"

"我有一个想法。"米罗轻轻地说。罗莎和阿莱西娅满怀期待地转向他。"可能不是啥好主意，所以如果我的想法不对，你们就忽略它。

花园在每年春天都会恢复生机，不是吗?”

“哦，这倒挺有意思。”罗莎说，“我知道咱们要去哪儿了。你们俩谁读过《秘密花园》?”

13

你相信魔法吗？

罗莎从温室的桌子上拿起一个鼓鼓的背包，然后带着两个孩子下楼去图书馆，找到一本弗朗西丝·霍奇森·伯内特（Frances Hodgson Burnett）的《秘密花园》。他们俩都听说过这本书，但没读过。罗莎迅速地从书架上抽出一本来递给了阿莱西娅。

“请你翻到第八章，”她说，“我要去找些更合适的衣服。”在图书馆的一个角落里，有一个米罗觉得充其量只能算是更衣箱的东西。里面塞满了各式各样的衣服：舞会礼服、风衣、复古连衣裙，应有尽有。罗莎埋头在里面翻找了一会儿，拽出来几件针织衫、帽子和围巾。“咱们得换上合适的衣服——约克郡有点冷。”米罗挑出一顶灰色的鸭舌帽戴上，脖子上又围了一条五颜六色的针织围巾。阿莱西娅找到了一套配套的藏青色绒线帽、围巾和手套，她戴上它们显得挺时髦。

“好，都准备好了？你的脚踝没事吧？”罗莎对阿莱西娅说，阿莱西娅竖起了大拇指作为回应。她把书递给罗莎，罗莎往前翻了一页，手指顺着文字往下移动，在她要找的句子上停了下来。她伸出胳膊，让米罗把手塞进去，阿莱西娅则抓住米罗的另一只手。罗莎开始读书。

玛丽跳着通过了所有的花园和果园，她每隔几分钟休息一下。最后，她去了专属于她的那条路，决心试试能否一口气跳到终点。这条路很长，她起初跳得很慢，但还没跳到一半，她已经热得够呛，气喘吁吁，不得不停了下来。但她并不介意，因为她已经数到了三十。她开心地笑了，在那里，你瞧啊，有一只知更鸟正在一根长长的常春藤树枝上摇摆呢。

米罗首先感到的是一阵寒冷，他很庆幸罗莎给了他帽子和围巾。

他们正站在冬日里一座果园的边缘，靠墙栽种着一排光秃秃的、细长条的树，褐色的草地了无生机，这里潮湿又阴沉。罗莎把一根手指放到嘴唇上，然后指向面前这条长长的大道。米罗和阿莱西娅蹑手蹑脚地跟着她走出果园，走到了小路上，小路旁边是空荡荡的花坛和被常春藤覆盖的墙壁。不远处有一个穿着白色羊毛大衣的瘦小女孩，手里拿着一根跳绳。她正开心地抬头望着一只停在常春藤上的知更鸟。

“你昨天告诉了我钥匙在哪里，”他们听到那女孩说，“你今天应该带我去找门，但我不相信你知道门在哪儿！”这时，知更鸟飞到了墙上，大声鸣唱起来，仿佛在炫耀似的。风越来越大，穿过那条大道那边的墙壁，吹得常春藤东倒西歪、沙沙作响。阿莱西娅抬起戴着手套的手，想把自己的长发从脸上拨开，但羊毛手套蹭得她发痒，她不禁皱起了鼻子，接着打了一个大大的喷嚏。穿着白色大衣的女孩惊讶地抬起头，看到他们三个正看着自己，脸色立刻沉了下来，原本雀跃的神情瞬间消失，取而代之的是怀疑的神色。

“你们是谁？”她紧张地问道。

“我叫罗莎，”罗莎边说边向着女孩走了几步，“他们是米罗和阿莱西娅。”

“你们的名字真奇怪，”女孩说，“我叫玛丽·伦诺克斯。”

“很高兴认识你，玛丽。”罗莎回应道，米罗也轻轻挥手示意。

“你是从印度来的吗？”玛丽看着米罗棕色的皮肤，直白地问道。

“不，但我的家人是。”米罗带着些许戒备答道。

“我以前在印度生活过，”玛丽回答，“但后来我的父母和我认识的人都死了，我就被送到了这里。”她说这话的语气仿佛在强调自己遇到的难事。

“米罗的父母也死了，我不知道我的母亲是谁，我的父亲是个怪物，所以我们都有自己的负担。”阿莱西娅尖刻地回击道。

玛丽很震惊。“你怎么敢这样跟我说话？”她有点激动，脸绷得更紧了，“我希望你们知道，这里全是我姨父的地盘。所以，你们不是擅自闯入的坏人，就是行为败坏的用人。”

“我不是什么用人！”阿莱西娅说，“不过我想我们确实是擅自闯入。”她若有所思地加了一句。

“我们是你的朋友，我保证。”米罗说，试图缓和一下阿莱西娅的唐突，她这说话风格显然与玛丽·伦诺克斯的坏脾气不太对付。

“我没有朋友。”玛丽生硬地说。

“他的意思是说我们无意伤害你，”罗莎说，“我们本来也没想打扰你。”

“那你们在这儿干什么？”玛丽怀疑地问，“你们知道这个花园？我以为它的存在是个秘密。”

玛丽的反应，让米罗很好奇。通常当你书行到书里去时，不管你的出现有多不寻常，书中的角色都会很快习惯并接受你的存在。但玛丽·伦诺克斯似乎很抵触他们三人。她真是一个让人意想不到的主人公，米罗心想。

“这座花园的确是一个秘密，”罗莎试图打消玛丽的疑虑，“它已经被锁起来关闭了好几年了。”

“我知道，”玛丽防备地说道，“但是知更鸟前几天带我找到了钥匙，我想它本来是打算带我去找门，但是被你们打断了。现在它飞走了。”

“没飞走，你看，它还在这儿，正看着我们呢。”罗莎指着知更鸟说，它正停在更远处的墙头上，头歪向一边，聚精会神地观察着下面正发生的事情。它叽叽喳喳地飞回他们身边，这时又起风了。风力明显比刚才更大。风在他们周围猛烈地刮着，吹得空花坛和常春藤飒飒作响。突然间，风停驻在玛丽身旁几缕松散的常春藤条上，藤条下面露出了一个门把手。

玛丽倒吸一口气。

“你们相信魔法吗？”她兴奋地问三位书行者，这似乎是决定很多事情的关键问题之一。幸好他们三个对此都没有丝毫疑问。

“全心全意地相信。”罗莎说，玛丽坚定地轻轻颔首，表示她接受这个回答，然后转回身面向那扇门。

门上挂着厚厚的常春藤，仿若一面簌簌作响的帘子。玛丽尝试把它拨到一边去，米罗跳上前帮忙。玛丽没有道谢，但她也没发怒或者

阻止。他看到她的脸颊通红，双手兴奋地颤抖；知更鸟也跟着高兴，一边在他们手边飞来飞去，一边鸣唱着，仿佛期待着他们即将发现的东西。

“找到了！”几分钟后玛丽叫道。她跪了下来，米罗顺着她的目光看到一把陈旧的铁锁。玛丽从她的大衣口袋里掏出一把老旧的钥匙，插进了锁孔。她用两只手紧紧地抓住钥匙才得以转动它，然后就听到了摩擦声。玛丽越过自己的肩头回头看，确认没有人从小径上走过来，接着她急促地呼吸着把门推开，溜了进去。有那么一瞬间，米罗怀疑她会直接把门从身后关起来并锁上，但随后一只苍白的手越过门槛招了招，米罗、阿莱西娅和罗莎就跟着她走了进去。

“我们到了，”玛丽兴奋地深吸一口气，“我们在秘密花园里。”

14

想象家

他们此刻所在的花园，虽然看起来和墙外的果园一样死气沉沉，但不可否认的是，这里莫名让人感觉到生机，似乎有某种鲜活、神秘又奇妙的东西，被高墙与有序又黯然的墙外世界隔绝，连他们头顶本来阴冷的蓝天也变得明亮起来。米罗不禁想到，这里有一种野性的味道，就像——嗯，就像书行的感觉。

花园里满是冬日气息，到处是褐色的枯萎植物。杂乱的灌木丛从各处伸出枝丫，墙面上长满了粗壮的光秃秃的茎，茎的数量多到织成了一张密网。

“这些应该是玫瑰，”玛丽仔细地看着这些茎秆说道，“我在印度看过很多玫瑰，所以我认得这些东西。看，那些也是玫瑰。我猜是爬藤玫瑰。它们就像童话里的拱门似的。”她指向花园里一处最不寻常、最美丽的景象：纤细的棕色和灰色卷须从树枝上倾泻下来，形成摇曳的帘子，覆盖了花园的大部分地方。这景象要是在别处可能很瘆人，但在这里却让人觉得奇特又可爱。

“这里可真安静啊，”玛丽低声自言自语道，“好安静！”确实，当脚步声和说话声停止时，这里就只剩爬藤玫瑰的须蔓轻轻的摇曳声，还有那只跟着他们飞进来的知更鸟的鸣叫声。

玛丽似乎忘记了还有其他人在，她已经完全入迷了。她又往里走了走，胳膊上挎着她的跳绳，知更鸟紧紧地跟着她。她的脚步那么轻柔安静，如同一个幽灵穿过草地。当她走过须蔓形成的一个拱门时，那些卷须抚过她的手。米罗感觉自己好像闯入了一片私人领地，他提醒自己不要打扰玛丽独享这样的时刻。

在他们的注视下，玛丽跪下来查看那些绿色的小芽，轻轻触碰它们，然后俯下身来深深地嗅闻土壤的味道，她看起来开心极了。不一会儿，她找到一块可以拿来当小铲子用的木头，开始拔除小芽周围的杂草和枯草，那些小芽是这花园里最鲜亮、最翠绿的东西。

“我们随她去吧，”罗莎笑了笑，“我觉得有些东西需要她自己去发现。”

“是的，”米罗马上表示同意，“我觉得我不应该在这里看着她。”

“我倒不介意，”阿莱西娅说，“但我想帮她。可以吗？”

“现在不行，”罗莎说，“我觉得这部分应该让玛丽自己去完成，我们要做的是在花园里找到制作解药需要的东西。但是等解药做好，对付完炼金术士，我们也许可以回到这本书来，看看她的情况如何。”

米罗和阿莱西娅都表示非常乐意。

“我们需要某种已经死亡但复活了的东西，”阿莱西娅回忆道，“可是花园本身并没恢复生机，对吗？不过玛丽刚刚是……重新种下了已经枯死的东西吗？我对园艺不是很懂。”

“考虑到你父亲的做事风格，我想或许花园的围墙内生长的任何东西我们都可以用，”罗莎说，“在书里，至少在书中的角色和读者看来，整个花园都恢复了生机，这就够了。”

“你觉得我们也能从这里带走非自然的东西吗？”米罗问。

“我想过这一点，”罗莎答道，“不过有两个原因让我打消了这个念头。首先，我不确定，如果不考虑其虚构性，这个花园算不算是非自然的事物；另外我认为成分的数量也至关重要。配方上说七样是为确保完整性。‘七’这个数字代表完整，所以我想我们需要七种不同的成分才能制成解药。现在只需要某个植物的一部分，来代表死而复生之物。”

“太好了，那我们随便拿样东西就可以走了！”阿莱西娅说着把手伸向最近的灌木丛，薅了一把树枝。

“我觉得还是要找找更有意义的东西，”罗莎说着开始环顾四周，“我在想这里有没有——啊！有了，看！”她指向一簇树木，它们的树干很引人注目，像纸一样白的树皮有些许脱落，上面长着一些黑色的结节。

“是白桦树！”罗莎叫道，“它们象征着新的开始和重生。太棒了！”她伸出手，从树上折下一根细细的树枝。

“你确定这个作数吗？”米罗担忧地说。

“和我们接下来对其他成分一样确定。”罗莎温和地说。

“除了生姜。”阿莱西娅补充道。

“对，除了生姜。”罗莎赞同道。

“但是我们怎么把树枝带到书外呢?”米罗问,“蒂莉没有和我们在一起。”

“对,”罗莎说着把背包卸下来,“这个嘛,你们知道我研究书魔法已经很深入了,包括它的来源、它如何起作用,以及想象和故事如何植根于我们的身体。对于书行者而言,这些显而易见,但其实它们存在于每一个人身上,可能埋藏得很深,或者被用于不好的事情。你们还记得玛丽打开那扇门前对我们说了什么吗?”

“她问我们是否相信魔法。”阿莱西娅答道。

“正是,”罗莎笑了,“你读过原著就会发现她没对任何人说过这句话,当然我们一般也不会出现在书中。但是当风恰好吹动了常春藤,让她看见了那扇门,她心中所想的是,这是魔法的作用。”

“但是每本书都有想象的魔力。”米罗说。

“确实,”罗莎答道,“这个桦树枝既是一个真实的桦树枝,同时也是一个被想象出来的桦树枝。”

“是这样没错啦,”阿莱西娅说,“可是我们到底怎样把它带出去呢?”

“我正要说到这一点,”罗莎耐心地说,“我的意思是,它是用想象力做成的,所以我们需要将这个树枝提炼成最纯粹的形式。这一步就需要一些创造力了。你们知道的,书行者无法从书中带走故事里的东西,但可以带走属于自己的物品,也就是并非源自书中的物品。比如,万幸我们的衣服也是可以带走的,还有你的眼镜,米罗。所以,我们必须把需要研究的东西变成别的东西。经过大量的研究和反复实验，我意识到用我们从家里带来的工具，完全可以将需要研究的东西提炼成纯粹的想象。我们可以通过这种方式创造第三种类别。不完全属于我们的世界，但也不再属于这里的世界，它成为一件独立的物品，不再受限于同样的规律和桎梏。”

“嗯，这个想法好聪明，”阿莱西娅赞叹道，“我在想我父亲有没有想到过这一点。”

“我猜他有，”罗莎答道，“他曾对书魔法以及如何打破书魔法的规则进行了大量的研究，这大概就是我们研究的重合之处。炼金术的本质是将一种事物转化为别的事物，所以我毫不怀疑他用了同样的技术——只是我不敢想他的目的是什么。”

“但是为什么别人没有想到这一点呢？”米罗说。

“这个嘛，如果你不得不把故事里的东西转换成另外一样东西，那它还有什么用呢？”罗莎问道，“人们想要某样东西的主要原因是它寄托了某种情感或者怀旧情结，或者在其他方面有价值。如果你改变了它的本质，这些价值就都不存在了，而要把某样东西从书中拿走，你必须对它进行不可逆的改变——只改变它的外观是不够的。就像我刚说的，我是经过积年累月的研究才找到了这个方法，我不确定大多数书行者是否有去尝试或者知道如何创造这种中间介质。因为你们知道的，我确信很多书行者根本不明白纯粹的想象有多么强大。它有很强的可塑性，既可以用于最伟大的事情，也可以用于最不堪的事情。”

罗莎边说边有条不紊地取出背包里的东西，整齐地排列在面前。

她架起了一个小装置，米罗觉得有点像个烛台，因为这装置底下有一个空间用来放点燃的蜡烛，上面有一个凹陷的地方可以放东西。她在上面放了一个浅口的盘子，米罗起初以为盘子是金属制的，但是再仔细一看，他又不大确定盘子到底是什么材质了。盘子很精巧，阳光照射到表面时，在周围折射出彩虹色的波纹。这波纹让他想起他们用阿莱西娅父亲的配方制成的万能药的颜色，他曾用这万能药直接不通过书而书行，也用它帮助阿尔忒弥斯逃出了档案馆。

“这个盘子是用什么做的？”他好奇地问道。

“米罗，你的眼很尖啊，”罗莎说，“你还记得我刚说过，从书中带走某样东西的最好方式是把它提炼成别的东西吗？”

“这个盘子是用想象力制成的？”

“没错，”罗莎说，“我拥有它很长时间了，长到已经记不清它最初的样子。”

“哇！”米罗深吸了一口气。

“但是你要知道，它和你的那辆火车没太大区别，”罗莎说，“我不知道它的整个生命历程是怎样的，但是我觉得它能用于现在所做的事情，肯定有大量纯粹的想象力起作用。”

与此同时，阿莱西娅已经完全进入了研究模式。她从口袋里

掏出了一个小笔记本和一支铅笔，在罗莎摆弄装置并给米罗解答问题的时候，她一直在记笔记。

“你们两个一定会成为出色的想象家。”罗莎咧嘴一笑。

“这绝对比我父亲的炼金术更可取。”阿莱西娅说道，她正在画烛台和盘子的草图，由于注意力高度集中而眉头紧皱。

“真有‘想象家’这种职业吗？”米罗好奇地问道。

“有啊，和任何其他职业没什么两样，”罗莎答道，“《万书之书》的守护者与想象家。你觉得怎么样？我觉得读起来很是朗朗上口呢。”

罗莎小心地把桦树枝放在那个闪闪发光的盘子里，然后取下一个小瓶子的瓶塞，往盘子里滴了几滴液体进去。烛台一加热，便有一股熟悉的气味散发出来。

“这是迷迭香。”阿莱西娅闻了闻空气中的味道说。

“没错！”罗莎说，“迷迭香的用途非常多，其中之一就是对记忆力很好。加上它是为了让桦树枝记住自己的本质。阿莱西娅，我看你似乎有些疑问。”

“我只是觉得，这不是很科学，对吗？”她承认道。

“对，不是特别科学，”罗莎说，“科学也是非常奇妙的，但这是魔法。自然与魔法。”

“你是要我们相信，你用迷迭香加热这个桦树枝，可以将它变成纯粹的想象，同时保留它在故事中所代表的一些东西？”阿莱西娅说。

“没错，”罗莎开心地答道，“你的理解非常到位。记住，”她语调温和地继续道，“我们在一个故事中，所有这一切——花园、玛丽、知更鸟、常春藤——都是弗朗西丝·霍奇森·伯内特在写这本书时想象出来的，又在我们读这本书时由我们二次想象。我敢肯定，你一定见识过比这更离谱的事情。你快看——”

盘中的桦树枝并未燃烧，而是光芒闪烁，米罗常常从长词号的窗户中看到同样的光芒。纸一样白的树皮被银色的光线包裹，忽然间，一缕香甜的气味掠过，树枝轻微地颤抖了一下就消失了，剩下一撮**闪闪发光的粉末**，看起来就像米罗在长词号的引擎中燃烧书魔法球所留下的残余物。罗莎从她的工具箱中取出一个崭新的玻璃瓶和一个小漏斗，小心翼翼地将粉末倒入瓶中，再塞好瓶塞。她在瓶身上写下“桦树枝，《秘密花园》”，然后轻轻把它装进背包里。

“解决了一种成分。”阿莱西娅心满意足地说，但还没等他们多说什么，玛丽·伦诺克斯就穿过草地朝他们跑过来。

她仿佛完全变了一个人，膝盖上和指甲里全是泥土，脸颊绯红，由于兴奋和待在新鲜空气里的缘故，她的眼睛闪闪发亮。

“我一直在清理所有我能找到的小绿芽周围的土壤，”玛丽兴奋地说，“我都忘了你们还在这儿，直到我闻到了一种奇怪又甜美的气味。我打算继续弄下去，到吃午饭的时候回去，下午再来。”说完她就跑回花园的另一个角落，寻找更多有生命的小芽，帮助它们生长。

“我得读读这本书，”米罗说，“我想知道后面发生了什么。”

“我们还可以再回来，”罗莎说，“不过，如果你真要读这本书，你要知道，它写于一百多年前，当时的很多人对异于他们的人抱有不同的看法和理解，其中一些看法和理解在今天看来是错误的。玛丽作为一个在英国殖民统治时期的印度长大的角色，也承继了一些不好的思想。我已经有段时间没有通读这本书了，里面有些台词可能会让你感到不舒服甚至会难受，你们俩都要注意。如果你要在树屋读这本书，并且想要知道更多背景的话，请一定告诉我。我相信蒂莉的外公母对这本书以及同时期的其他书，也有一些有意思的看法可以分享给你们。”

“好的。”米罗轻声说道，他不知道该如何回应。他多希望能和家人聊聊家族的历史，可是霍拉旭现在昏迷不醒，而莉娜——他不大确定能否相信莉娜对任何事情的看法。

“准备好走了吗？”罗莎柔声说，“毕竟我们还有好几种成分要破解和寻找呢。阿莱西娅，你愿意读书送我们出去吗？”她把书递给了阿莱西娅，阿莱西娅随即翻到了最后一页，他们三个再次把胳膊挽在一起。

“米塞尔斯维特庄园的主人从草坪对面走来，他的样子是许多人从未见过的……”阿莱西娅读着。米罗没有听到书中的最后一句话：因为一阵风刮了起来，如同刚刚花园外小径上起的那阵风一样，所有爬藤玫瑰的卷须和干枯的灌木丛被吹得沙沙作响。

当花园在他们周围逐渐消失，米罗看到玛丽抬头望向正在离开的他们，手里还握着那把自制的小铲子，她还在继续为那些小芽清理土壤，好让它们茁壮成长。

15

世界的根源

温室重新出现在他们周围，三个人安全地返回了树屋。罗莎做的第一件事就是从背包里拿出那个瓶子，小心地放在他们面前的桌子上。

“我通常会把所有从书里带来的东西都存放在那里，和我的原料放在一起，”罗莎指着那个装满了瓶子的橱柜说道，“但这个我们就不放进去了。但愿我们做解药能很快用到它。”

“这个柜子里的东西都是用书魔法做成的吗？”阿莱西娅问道。

“很多都是，”罗莎说，“不过里面也有一些更常规的原料。这温室里的许多东西只是用于普通植物学研究，与书魔法无关。”

“那么，你起初只是个普通的植物学家吗？”米罗问道，他想要了解更多的细节。

“哦，不，”罗莎笑道，“我最先接触的当然是书魔法。我很早就知道自己会从母亲那里继承《万书之书》守护者的职责，所以一直没有做其他打算。但是我为此研究了很多民间故事，包括那些流传已久并且被重新编排了很多次的古老传说。在这个过程中，我开始着迷于人们如何用植物和自然世界讲故事，以及医学、家庭和我们的生活。我意识到也许一切皆有关联，最终归于存在于我们内心深处的某种东西。想象力植根于我们的骨血之中，也是世界的根源。

“理想情形下，我的职责更多是一个观察者，一个站在远处的保护者。但炼金术士一直在慢慢改变这个世界的想象力法则。当他试图改变想象力和魔法的基本规则时，一切都在逐渐脱离正轨。总有些人唯恐天下不乱，炼金术士就是个中翘楚。要想阻止他，我认为必须更清楚地了解他在做什么，以及他为何对书魔法有如此强大的控制力。不过他正在实施的计划和行动比我知道的还要多。我认识你叔叔这么多年，从不知道他为了尽力保护你和长词号的安全，跟炼金术士达成了这个秘密约定。至少现在霍拉旭在佩吉斯书店有人照顾，而我们也为治愈他迈出了第一步。”

“是的，”米罗附和道，但是一想到身在书店的叔叔，他就开始恐慌，他的呼吸变得急促，心也扑通扑通直跳，“我就那么把他扔在那儿了，甚至都没有征得他的同意，”他说，“他们一定觉得我这个人很糟糕，跟霍拉旭一个样，用人朝前，不用人朝后。”

“我不觉得任何见过你的人会有哪怕一瞬间这样的念头，认为你和你叔叔一样，”罗莎说，“但是如果你确实不告而别……”

“我们留了便条的，”阿莱西娅解释道，“说了我们要去寻找解药。”

“你们说了要到这里来吗？”罗莎问。

“我们说了会去找你，”阿莱西娅说，“但当时并不知道你在哪儿。”

“蒂莉和她的家人有办法联系到你们吗？”罗莎问，“我想他们应该知道怎么联系长词号吧？”

“对呀，”米罗说，“我都忘了！我应该去查看一下邮箱。”他转向阿莱西娅，“自从你父亲上次的那封信后，也可能有新的消息发来。”

“你想让我和你一起去吗？”阿莱西娅问道。

“不用，我自己可以，”米罗说，“顺便呼吸一下新鲜空气。”

“我们可是刚刚呼吸了那么多新鲜空气，”阿莱西娅说，“在《秘密花园》里。”

“就让米罗自己去吧，”罗莎柔声说道，米罗感激地冲她笑了笑，“阿莱西娅，可以给我看看你的这些笔记本吗？听起来你从你父亲那里搜集到了林林总总的信息，我敢肯定这些信息都很珍贵。”

阿莱西娅很快就被罗莎的赞扬分了心，米罗趁机溜出了温室，他一路下楼走到树林和湖边，长词号静静地停在那里。

米罗用一只手抚摸着长词号，那凉凉的触感立马让他冷静了下来。他非常喜欢阿莱西娅，也觉得树屋很美，罗莎也非常令人钦佩。然而这么多年来，在他身边的人只有他叔叔。他有时会好几天都不怎么跟霍拉旭说话，甚至好多年都从未和任何其他人说过一句话，除了书中的角色。现在出现了这么多人、这么多的问题，还有许多非常重要的事情等待解决。他的脑子很乱，已经无法思考了。脑海里纷杂的声音、那些期盼和抉择，让他几近崩溃。他把发烫的额头靠在长词号的金属外壳上，深呼吸了几次。

“事情一件一件来，”他对自己说道，“只能这样了。”他打开长词号的门锁，爬上车去查看嵌在办公室墙壁上的邮箱。任何人都可以寄信到长词号，只需要把地址写对，然后把信塞进任何一本书的环衬页即可。霍拉旭就是通过这种方式跟他的书籍走私业务的客户通信，并和罗莎保持联系的。

米罗打开邮箱下方的抽屉，有几封信件滑了出来。他快速翻看了这些信件，有的毫无疑问来自霍拉旭的客户，显然他们还不知道过去这几天发生的事情。他没有在炼金术士那张奶油色的厚信纸上看到任何东西，他又仔细检查了一下那优雅的字迹，里面什么信息也没有。但是他发现了一张对折起来的便条纸，上面用潦草的字迹写着他和阿莱西娅的名字。他犹豫了一下，考虑是否应该等阿莱西娅在的时候再打开它，但最终他怀着一丝内疚在长词号的地板上坐下，独自读了起来。

亲爱的米罗和阿莱西娅：

我们刚刚看到你们的留言。对于你们的不告而别我很难过，但是我知道你们为何必须离开。我明白当你心里清楚自己必须要做什么，但周围的人并不理解时的那种感受——如果我也让你们有了这种感受，我很抱歉。霍拉旭和我们在一起很安全，你们也不用担心外公外婆。得知你们离开，他们虽然很担心，但是他们很乐意照顾霍拉旭，直到你们回来。他们主要是担心你们的安全。我希望你们记得查看邮箱并看到这封留言，我希望你们能找到植物学家，也希望她可以帮助你们制作解药，并想出如何对付炼金术士。如果可以的话，请向我们报个平安，这样外公外婆就不会过于担忧。有任何消息或者有什么我们可以帮忙的，请写信过来（或者只写给我）。阿米莉亚将要和我外婆一起通过地下图书馆查找有关炼金术士的东西。外婆曾在地下图书馆的地图室工作过，所以我正尽力回忆炼金术士的《绿野仙踪》地图以及阿莱西娅对此说过的话。外公说他可能会读一些谋杀案，看看能否从中找到关于下毒的线索。我不确定这会有多大帮助，不过从毒书中恢复后，他的身体仍然很虚弱，他也想帮忙的。总之，我希望你们知道如何通过长词号回信，或者通过其他方式与我们取得联系。我会在这个便条背面写下我的手机号码、佩吉斯书店的电话号码和我的邮箱。因为我不知道植物学家是不是有电话、电脑之类的东西——不过先写下来以防万一吧。

爱你们的蒂莉

又及：我还没告诉我的家人有关匿名读者的整件事，因为我不想让他们担心。但我跟他们说了炼金术士想要拿到《万书之书》。记得问问植物学家这件事！如果你们可以联系上我，能告诉我炼金术士是否向长词号发送了其他信息吗？我担心他一旦知道我并没有去植物学家那里做他要求的事情，他会作何反应。

米罗把便条纸重新折了起来。这封信并没能让他冷静下来。坦诚地讲，当他离开佩吉斯书店时，他压根没想过蒂莉，他那时一心只想着奶奶是否还活着和寻找解药的事，完全没考虑蒂莉和她的家人可能面临的威胁。

抛弃蒂莉让他心里很不安，尤其是想到莉娜居然是那副样子。炼金术士非常确定蒂莉就是传说中的匿名读者，也是唯一可以找到并打开《万书之书》，从而发现所有书行秘密的书行者。所以他制订了一个可怕的计划，把蒂莉骗到威尼斯。阿奇·佩吉斯中毒就是因为炼金术士对蒂莉的影响力。在炼金术士意识到蒂莉并没打算为他拿到《万书之书》之前，他们应该还有一点时间，但他们需要加快制作解药的速度。他们需要霍拉旭的答案，并且需要在炼金术士将蒂莉置于更危险的境地之前找到《万书之书》。

16

兰斯伯勾

尽管米罗此刻只想一个人在长词号上再多待一会儿，他还是逼着自己起身并往回走。他再次把头靠在长词号上，想要获得最后的慰藉和平静，然后便动身爬上楼梯，回到了温室。

“有什么发现吗?”他刚打开门，阿莱西娅便立马问道。

米罗点了点头。“只看到了蒂莉给我们的留言。”他边说边把折起来的那张纸给她看。

“蒂莉怎么样?”罗莎问道，“她在佩吉斯书店还好吧?”

“目前为止还好，”米罗答道，“他们还没收到炼金术士的消息，霍拉旭也由他们照看着。她留了邮箱和电话号码，要我们安全抵达这里后写信告诉她。你知道怎么用这些吗?”

“电脑和电话我都有，”罗莎大笑道，“我们是在树屋，不是在中世纪。你想要打电话给她吗?”

“如果可以的话，我还是发信息吧，”米罗说，“我现在想要先处理解药的事情。如果目前炼金术士还没有将蒂莉和她的家人置于危险之中，我想我们应该先尽快完成这件事，这样霍拉旭也许能告诉我们更多。”米罗说的并不假，只是他还有一个说不出口的原因：自己没有事先告诉蒂莉就把霍拉旭丢下擅自逃离，对这件事他仍然心存愧疚，尤其是考虑到蒂莉当时可能处于一个非常危险的境地。

“没问题，”罗莎说着从兜里掏出了一部手机，“这个你拿去用吧，我们能联系上蒂莉，对她也是件好事。如果出现紧急情况，也方便她联系我们。”

米罗从未用过手机，手机的触屏和上面繁杂的按键让他手足无措，他有点尴尬。

阿莱西娅察觉到他的犹豫，于是当机立断从他手中拿走了手机。米罗把那张写着蒂莉号码的便条递给她，看着她在手机上输入信息。她一边打字一边大声读出来：“嗨，蒂莉，阿莱西娅和米罗在用罗莎的手机给你发信息。罗莎就是植物学家，你还没忘吧？她住在一个树屋里——这里超酷的。我们很安全，如果我父亲做了什么出格的事或者你需要我们，你可以打这个号码找我们。我们还找到了米罗的奶奶，但她可能也有些邪——”她停顿了一下，不好意思地抬头看了米罗一眼，然后删掉了最后几个字，“我们找到了米罗的奶奶，她也在这里。我们正在尝试为霍拉旭制作解药，做好后会给你打电话。”她又抬头看向米罗，米罗点头表示同意，阿莱西娅随即按下了发送键。

阿莱西娅迅速地把蒂莉的号码加到通讯录里，然后把手机还给罗莎，罗莎把手机放回了兜里。

“我们接着研究解药吧？”她说着，拿来一张纸，上面抄写了成分表，他们三个都低下头看着那张纸。

1. 注入生命的死亡，以彰显毒药的威力；

2. 非自然事物的一个标志，以显示想象力的力量；

3. 一件正当盗取之物，以表明解药的效力；

4. 一件被遗忘之物，以弥补逝去的时间；

5. 一件不可能之物，以打破它们的束缚；

6. 磨碎的姜根，以缓解患者醒来时的疼痛；

7. 第七样（为确保完整性）：阅读者的记录，为了明确其意图。

“第五号成分——不可能之物，”罗莎点了点成分表，“显然书中有许多不可能之物，很多书本中的故事在书外都是不可能发生的。但这得是一件有形的东西，你父亲才能提炼并使用它。我有一个想法，还有什么地方比胡诌文学里更能找到不可能之物呢？”

“你说什么？”阿莱西娅问道。

“胡诌，”罗莎高兴地重复道，“比如胡诌诗之类的东西——我们去图书馆在‘L.L’目录下找‘李尔，爱德华’吧。你们有谁听说过兰斯伯勺（runcible spoon）吗？”

“没听说过，”米罗困惑地说，“那是什么？”

“说实话，我也不知道！”罗莎说，“‘兰斯伯’不是一个真的词，更确切地说，是爱德华·李尔在他的诗《猫头鹰和猫咪》里编造的词。”

“噢，这个我听说过！”阿莱西娅说，“但我不是很了解这首诗。”

"是一首欢快的胡诌诗，"罗莎说道，"我们去找一本他的诗集吧，我可以读给你们听——这首诗很短。"

他们从温室下楼到图书馆，正午的阳光从窗户倾泻而入，照得书脊闪闪发光。罗莎爬上一个梯子，抽出了一本薄薄的蓝色小册子。她查看了目录页，然后翻到其中一页，清了清嗓子，大声读了起来。

猫头鹰和猫咪去海上，
他们乘一条美丽的豆绿色小船，
带了一些蜂蜜和大把的钱，
用一张五元钞票包起来。
猫头鹰仰头看天上的星星，
弹着一把小吉他歌唱：
"可爱的猫咪！哦，猫咪，我的爱人，
你是多么美丽的猫咪啊，
多么美丽，
多么美丽！
你是多么美丽的猫咪啊！"

猫咪对猫头鹰说："你真是只优雅的鸟儿！
你的歌声如此迷人！
噢，我们已经等得太久，不如现在就结婚，
但是没有结婚戒指，我们该怎么办？"

他们开桨向前，船划了一年零一天，
划到生长着钟鸣树的地方，
树下站着一只小小猪，
一只指环套在它的鼻尖上，
它的鼻尖上，
它的鼻尖上！
一只指环套在它的鼻尖上。

“亲爱的小猪，你可愿意一先令把你的戒指卖给我们?”
小猪说:“我愿意。”
于是他们拿走了戒指，第二天就成了亲，
山上的火鸡是他们的证婚人。
他们用兰斯伯勺，
吃肉末和切成片的榅桲[①]，
然后手拉手，站在沙滩上，
他们在月光下起舞，
在月光下，
在月光下，
他们在月光下起舞。

---

① 又叫木梨，一种古老的水果，有超过4000年的栽种历史，是一种坚硬的酸味水果，煮熟后变得又香又甜。

“怎么样，这首诗还挺有意思的吧？”罗莎读完后心满意足地笑了。

“但是它的含义是什么？”米罗问道。

“这个啊，诗里面可能包含李尔对许多事情的想法，”罗莎说出自己的想法，“是爱情，也许是金钱，是饮食习惯，或是两个离经叛道的人私奔。但也不必有什么特别的含义，毕竟这是一首胡诌诗。只要享受阅读它的乐趣就够了。”

“但是如何区分书中好的胡诌和愚蠢无用、毫无意义的胡诌呢？”阿莱西娅问道。

“你真是很有科学家精神呀，”罗莎笑道，“你们喜欢这首诗吗？你们听完有什么感受吗？”

“喜欢，”米罗很肯定地说，因为他确实非常喜欢这首诗，“但是我细想却想不出原因，我不知道该怎么描述这种感觉，有点像刚刚吃了一个非常好吃的东西。”

“我觉得这个描述很妙，”罗莎笑着说，“感觉美味可口，对吗？你不需要知道你喜欢一首诗、一个故事或者一本书的原因。如果里面的某些话刚好击中了你，你就会喜欢上它。而且就我们的目的而言，我觉得这首诗很合适。”

“兰斯伯勺是不可能的东西？”阿莱西娅问道。

“我觉得是。”罗莎说。

“我喜欢这首诗，”米罗说，“还有别的我可以读的胡诌诗吗？”

“当然，”罗莎说，“最著名的胡诌派作品你可能听说过，是《爱丽丝梦游仙境记》的作者刘易斯·卡罗尔的诗《贾巴沃克》。”

“我们从诗里能拿到什么东西吗?”米罗回想了一下那些成分，问道，“那首诗会不会有非自然事物?”

“真是个聪明的想法，”罗莎赞许地点点头说，“铛铛树可能正是我们所需要的第二种成分。能用植物就最好不过了，因为我们肯定不想捉一只啾啾鸟或者班德斯纳奇来放到火上烧制书魔法。”

“你刚才说的话，我们‘应该’听得懂吗?”阿莱西娅困惑地问道。

“都是胡诌而已，”罗莎咧嘴一笑，“你们不好奇它们会是什么样子吗?我们先去《猫头鹰和猫咪》，然后再去《贾巴沃克》吧。”

“太好了!”米罗非常期待书行到一首诗里，尤其是一首胡诌诗。

17

在月光下

考虑到要书行到海上，罗莎从更衣箱里给大家找了几件防水外套。只是衣服太大了，米罗和阿莱西娅都把袖子卷了起来，又戴上羊毛帽子。罗莎穿着紫色的防水长筒靴和配套的防水外套。

“米罗，你想要读吗?”她说着把打开的诗集递过去，然后挽住了他和阿莱西娅的手。

米罗接过书，大声读了起来：

猫头鹰和猫咪去海上，
他们乘一条美丽的豆绿色小船，

“哎呀!”罗莎叫道，但为时已晚：树屋图书馆在他们周围咔哒咔哒地一点点消失，突然间，他们重重地落在一条豆绿色小船上。船很小，但确实很美，船上已经坐了一只猫头鹰和一只猫。正值夜晚，星光倒映在平静的海面上，海看不到边际。一时间，他们五个面面相觑。这条船坐五个“人”属实太挤，更何况船底还放了几罐蜂蜜、一

把很像吉他的乐器和成堆的现金。猫头鹰和猫咪的体形几乎跟阿莱西娅和米罗一样大，这有点吓人。米罗发觉自己原本期望它们是正常大小的猫头鹰和猫咪，但话说回来，正常大小的猫头鹰怎么会划船呢？

“我是不是读错了？”米罗小声对罗莎说。

“是我的错，”罗莎说，“这是诗的开头，它们航行了一年零一天，还记得吗？”

“哦。”米罗答应着，感觉自己有点傻。

“不要紧。我们就打个招呼，然后读到正确的段落去吧，”罗莎淡定地轻声道，“进入这段情节也很有趣。你们好！”她转向猫头鹰和猫咪，“打扰到你们很抱歉，不过你们的船真是太漂亮了。”

“还有，恭喜啦！”阿莱西娅补充道，她敬畏地看着那只巨大的猫头鹰。

“亲爱的孩子，”猫头鹰微微歪了歪脖子问道，“为什么要恭喜我们呢？可别认为我们蠢笨，我们粮草充足，但我们只是一只猫头鹰和一只猫。”

听到猫头鹰讲话像念诗一样，米罗很开心，这和它在诗里说话的风格一致——即便当它听到别人对祝贺一场还没举办的婚礼而感到困惑时，它还是这样讲话。

“抱歉，”阿莱西娅说，“我一定是把你们和我知道的另一对猫头鹰和猫咪弄混了。它们刚刚结婚。”

“莫担心，”猫咪开口说，“我明白你的困惑。你恰好认识另外一对佳偶，他们也乘着美丽的小船漂洋过海。”

米罗简直可以一直听它们讲下去，但罗莎轻轻地戳了他一下，他随即把注意力转回到书上。这次他仔细地确认了它们是在这对佳偶航行一年零一天之后书行进去的，他屏住呼吸，又开始读了起来：

于是它们拿走了戒指，第二天就成了亲，
山上的火鸡是它们的证婚人。

就好像有人拔掉了海底的塞子一样，一切都被飞速地吸到船下，夜空变得模糊，逐渐消失不见，取而代之的是一幅新景象。这里仍然是夜晚，不过米罗发现他们回到了陆地上，这让他松了一口气。他们三个正站在月光下的海滩上，面前平静又深邃的海正向远处延伸。豆绿色的小船被拴在一个伸入水中的小码头上，在他们身后，一座平缓的小山丘一直探到海滩边的一间小木屋，从小木屋的烟囱里升起的袅袅炊烟，消散在黑暗里，窗户里透出温暖的灯光。门打开了，猫头鹰和猫咪从里面走出来，走到沙滩上，热情地挥手——或者就猫头鹰而言，是拍打翅膀。

“亲爱的朋友，”猫头鹰边拍打翅膀边喊道，“请来享用餐桌上的美味佳肴。我们在吃肉末和切成片的榅桲，请尽情享用！”

三位书行者沿着海滩走向这对幸福的新人，它们确实在吃肉末和榅桲。看起来并不是特别可口，米罗礼貌地吃了一片榅桲，味道有点像梨，很清爽。猫头鹰和猫咪都在用精巧的金色勺子吃东西，勺子比汤勺小一点，一头是浅浅的勺头，另一头是精致的金属环。

“这勺子真好看，”阿莱西娅说，“我很想用这样的勺子用餐。你们还有多余的吗？”

“这是兰斯伯勺，是中午之后用的，”猫咪非常高兴地说，“让我来为你找一把。在夜晚更有仪式感的用餐，会让人心情愉悦。”

猫咪消失在小屋里，他们能听到它翻找的声音。片刻之后，它高举着三把兰斯伯勺走出来，高兴地把它们递给阿莱西娅、米罗和罗莎。

“你真是太客气了，谢谢你。”罗莎说。米罗对于他们无法原样带走兰斯伯勺颇为失望。他很想把他的兰斯伯勺完好无损地带回家，它可以让他想起这首可爱的诗。趁着猫头鹰和猫咪继续吃着它们的肉末和榅桲，罗莎推着两个孩子来到屋后，从自己的背包里取出了烛台和盘子。

“我们要快点弄完，”她说，“我可不想让猫头鹰和猫咪发现我们烧了它们的勺子，它们会难过的。”她点燃了烛台，在盘子里加了一滴迷迭香，把三把勺子放到盘子里。米罗不情不愿地交出他的那把，尽管他知道自己没法把它偷偷带出去。如果蒂莉在，他会请求藏一把勺子在她的衣兜里，这样她就能把勺子带回树屋，再给他保存。几分钟过后，精巧的勺子开始闪闪发光、噼啪作响，边缘开始模糊，逐渐融解成纯粹的书魔法。

“你确定这个迷迭香的方法有效？”阿莱西娅盯着嘶嘶作响的勺子问道。

“是的，”罗莎说，“当然，我们现在不太确定它是否对于解药有效，不过根据我的研究，没有什么理由否定它的效用。迷迭香只是让物品记住它们原本的样子——这些勺子从一开始就是由想象力制成的，我们这样做只是为了能把它们拿回树屋。要记得配方里说让我们把所有成分提取出来，所以即使你父亲有办法随心所欲地将书中的东西带到书外，他也一样需要用这种方法或者类似的方法来制作各种合成物。好了，我觉得我们已经做完了。”

盘中的三个勺子不见了，取而代之的是闪烁着彩虹色光芒的粉末，植物学家小心地把它们倒入一个玻璃瓶里收好。

“准备好走了吗？”她问道，其余两人点了点头，尽管米罗有一种奇怪的渴望——他想要坐在海边，再吃一会儿榅桲。

“我们应该再次道谢。”阿莱西娅正翻到诗集的那一页准备出发时，米罗说道。

“当然。”罗莎表示同意，但等他们返回到屋前，猫头鹰和猫咪已经走到海边，它们跳着一支舒缓的华尔兹，猫爪和猫头鹰的翅膀握在一起，猫咪的头靠在猫头鹰毛乎乎的肩膀上。阿莱西娅读着这首诗的最后一句时，米罗着迷地看着它们在月光下翩翩起舞。

在月光下，

他们在月光下起舞。

18

在晚饭前回来

树屋图书馆的墙壁重新浮现在书行者的周围。

“这次很成功，不是吗？”罗莎微笑着说。

“我们还不知道它是否有效呢。”阿莱西娅接着说。

“确实，但我们不出意外地拿到了想要的东西，”罗莎说，“先保持乐观吧，除非出现什么理由打破我们的幻想。那么现在，趁着一路高歌猛进，我们直接去《贾巴沃克》怎么样？去拿‘非自然事物的一个标志’，大家都准备好了吗？”

“我想你可能没有盔甲一类的东西吧？”米罗问道，“我可不想碰到贾巴沃克。”

“恐怕我确实没有，”罗莎说，“但我们不会有事的。我们可以偷溜进去，取一片铛铛树的叶子，在晚饭前回来，可能压根儿就看不到贾巴沃克。”

米罗觉得这不大可能。他知道时间紧迫，他们必须尽快让霍拉旭醒来，但是他能感觉到自己的呼吸又加快了。他从前一直是“小透明”，一下子被推到聚光灯下让他猝不及防。自从他们让蒂莉和奥斯卡登上长词号，他的生活仿佛被按了快进键，然后又暂停了。千头万绪涌上米罗的心头，他能看到罗莎的嘴一张一合，但他的大脑听不见她说的话，直到阿莱西娅冰凉的手放到他的胳膊上。

“你还好吗？”她问道。

“是的，我很好。”他迅速答道。

“我看不像，”阿莱西娅说，“如果你感觉不好也可以说出来，你知道的。”

在生活中有一个真正关注自己感受的人，这让米罗既感到宽心，又有些不安。

“罗莎，我们快速去一下长词号可以吗？”阿莱西娅说，“我需要检查……呃……检查一下米罗有没有记得锁门！”

“在湖边那里，没有人会发现它的。”罗莎说。

“我只是觉得，在再次离开树屋去书行之前，我们最好再去确认一下。”阿莱西娅说。

“当然可以，”罗莎答道，“等你们准备好了，咱们就去《贾巴沃克》。”

“我们不会耽搁太久。”阿莱西娅说道，随即拉着米罗的胳膊走下木楼梯，来到草地上。

“谢谢你，”他们走向湖边时，米罗说道，“我也不知道自己为什么会反应这么大——真是难为情。”

“呃，可能是因为这一切确实让人难以承受？”阿莱西娅说，“这只是我的一个想法！”

“但是其他人并没有这样，”米罗说，“你和罗莎都准备好直接去了！”

“我们每个人对事物的感受是不同的，”阿莱西娅回答说，“这些感受没有对错之分。我没有表现出来，并不意味着我真的没有什么感受。我的方法是尝试把任何让我感觉不好的东西塞进大脑里的一个黑暗角落，然后寄希望于忘掉它。我知道，对于……好吧，对于任何事，这都不是一个好的处理方式。而且你看，我还拿不好的事情开玩笑，让人不舒服！说实话，我们可是在阻止一个试图窃取整个世界的知识和想象力的人，对于两个十二岁的小孩来说，我觉得我们已经做得很好了。”

室外清新的空气和跟阿莱西娅的聊天，让米罗的呼吸逐渐平稳下来。

“谢谢你，”他平静地说，“你知道，有个朋友真的很好。”

“确实不错。”阿莱西娅笑道，可一走到闪着微光的长词号前，他们的笑声就戛然而止，因为莉娜正透过引擎室的窗户往里窥探。

“您在这儿干什么？”米罗问。莉娜转过身来，一脸无法掩饰的心虚。

“我只是来怀念一下，”莉娜并没和米罗有眼神交流，但仍然摸着长词号不放手，“毕竟她是我的火车。”

“不，她不是你的，”阿莱西娅立即说，“是米罗的。在此之前她是霍拉旭的。很久以前她就不再属于你了——因为你利用她做了不好的事！”

“我不能接受你的评判，德拉·波塔小姐，”莉娜说，“我并不特别在意你对于我做生意的方式有什么看法。我看你没有继承你父亲的耐心。”

“我可不会用这个词形容他。”阿莱西娅怒不可遏地说。

“他真正了解该如何看待，以及去实施一个可能需要一生去完成的计划。”

“对他来说不难，他都活了好几世了，”阿莱西娅指出，“而且他应该从来没给你分享过他那个万能药吧。”

听到这儿，莉娜沉默了，她转身回到了长词号旁。

众人尴尬地僵持在那里。米罗并不想在奶奶面前打开长词号的车门，他知道她一定会提出上车看看，而他无法拒绝她的请求。罗莎的警告犹在耳边。他们并不是真需要从长词号里拿什么东西，但他们也不能就这样沉默地看着火车。还没等米罗开门，莉娜就说出了她的请求。

“你不让你的老奶奶最后再看一眼吗？”她说着，转过身来直直地看着米罗，“我很想闻闻引擎里燃烧的味道，看看霍拉旭把我的办公室变成什么样了。”

“我……我不想……”米罗磕磕巴巴地说。莉娜显然不值得信任，但她和霍拉旭是他仅有的家人，而霍拉旭现在还远在伦敦，昏迷不醒。

“不行！”阿莱西娅直截了当地说。

“这儿轮不到你来做决定，”莉娜厉声说，“米罗才是司机。”

“啊哈！”阿莱西娅打断道，“所以你承认这是米罗的火车！”

“米罗有司机的口哨，”莉娜说，“长词号会回应口哨，这我不否认。但是长词号属于我，她骨子里是属于我的。这点你难道不同意吗，米罗？我想你一定感觉到了，有一股力量驱使她偏离你的想法。当然，当你开着她到这里时，你或许终于感觉掌握了窍门。那是因为她知道她正在回到我——她真正的司机身边。”

米罗被她的话吓得踉跄着后撤了一步。她说的是真的吗？难道这是他感觉和长词号如此契合的唯一原因吗——因为他们要去找莉娜？他就知道，他是真正的司机以及他和长词号配合默契这种事太过于美好。然而，莉娜一看到他不安的神情，脸色就变了。

“对不起，”她说着离开长词号走向米罗，“我没想让你觉得——我相信目前你作为她的司机做得很好，米罗。而且——”她踌躇着，用米罗从未听过的语气说道：“其实我是很激动的，我不想让你觉得与你重逢对我而言没什么意义。我从来都不擅长……”接着，她愣怔了一下，回头看了一眼长词号，没有再继续这个话题，“好吧，谁知道我们作为一个团队会怎么样呢？我们为什么不一起上车呢？”

沉默如雾霭般笼罩了这片树林。米罗能感觉得到阿莱西娅在拼命

忍住想要插话的冲动，他知道只能由自己开口拒绝。

“我不能让您上车。”他低声说着，然后转身跑过草坪，回到树屋，阿莱西娅跟在他身后。当他满脸通红、一脸焦虑地出现在图书馆时，罗莎猛地站了起来。

“你还好吗？”她急切地问。米罗无奈地耸了耸肩。这个问题太难回答了。

“莉娜去了长词号那里，”阿莱西娅回答，“她从窗户往里看，还想让米罗同意她上车。她说她才是真正的司机，我希望你知道这是胡说八道。她只是想哄骗米罗让她上车，这样她就能自己掌控长词号。天知道她要拿她做什么。”

“我不知道她想做什么，”米罗也平静地回应道，“她说长词号之所以能如此顺利地到达这里，是因为她在这儿，我想可能确实有道理。”

“那是因为你和长词号越来越了解对方！”阿莱西娅说，“你可别让她给洗脑了！”

“阿莱西娅说得对，”罗莎温柔地说，“发生了这种事我很抱歉。莉娜有时就像幽灵一样从树屋里溜出来，总是出现在我意想不到的地方。正如我所说，我担心她会想通过你进入长词号。”

“那你为什么还不赶她走？”阿莱西娅生气地问道。

“这，因为我担心她通过别人进入长词号，”罗莎说，“就这么简单。她在我这里，书行世界会更安全。幸好还有地下图书馆在找她，所以她不会冒险走太远。更何况她能选择的交通方式有限，这也是为什么我们不让她上长词号。司机口哨在你身上吧，米罗？”

“是的，一直在，”他说着拍了拍胸口，他能感觉得到口哨挂在链子上。

“看好它。”罗莎点了点头，“咱们现在可以动身去找下一个成分吗？如果你需要一些时间，我也非常理解。找到你的奶奶以及发现她是……呃，莉娜，一定让你很心烦意乱。”

“我没事，咱们应该继续，”米罗努力让自己平复下来，“必须继续。”

“你确定？”罗莎问道。米罗坚定地点了点头。

“去找贾巴沃克吧，”他说，然后顿了一下，“呃，希望不是真正的贾巴沃克，你懂我的意思。”

19

回旋钻洞

《贾巴沃克》这首诗来自《爱丽丝镜中奇遇》，也就是《爱丽丝梦游仙境记》的续集中。在米罗的脑海里，这两本书的故事总是交织在一起，但他印象最深刻的是锵锵肥和锵锵胖住的地方，以及红皇后，当然还有那个可怕的怪物贾巴沃克本身。罗莎去拿了一本《爱丽丝镜中奇遇》。

“看起来，爱丽丝最初是从镜子中的书里读到这首诗的，”罗莎仔细研读着书里的文字说道，“她把它举到镜子前，大声读出来，然后她问了蛋头先生这首诗的意思。我们要找的是这首诗里的东西，所以我觉得咱们应该在最开头书行进去。我们要注意有没有柔黏吐伏。”

“什么是柔黏吐伏？”米罗紧张地问道。

“我总是忘记它们哪个是哪个，”罗莎说，“不过书里有讲到蛋头先生给爱丽丝解释了这首诗的很多意思——让我来找找。对了，看这里，例如，他说‘灼物’指的是下午四点钟。”

“没错，”阿莱西娅越过罗莎的肩头瞄着书中的字，“四点钟，正好是烤东西准备晚饭的时候。波罗哥夫是……一种‘看上去瘦小又寒碜的鸟，全身的羽毛都支棱着——像个会动的拖把’，莫迷罗斯是‘迷了路’的‘一种绿颜色的猪’。我觉得咱们绝对可以用其中一个来制作非自然事物！”

“我可不要杀死一个波罗哥夫或者莫迷罗斯！”米罗坚决地说。

“你又不会真的杀了它，”阿莱西娅淡定地说，“只是把它提炼成想象力的原始形态，它原本就是想象力创造出来的。”

“我不清楚这对我或者对它来说有什么分别。”米罗坚持道。

“我个人对于杀死一只莫迷罗斯是没问题的，”阿莱西娅耸了耸肩说道，“我有些怒气想要发泄出来。如果有哪个莫迷罗斯胆敢用奇怪的眼神看我，最好当心点。”

“没有人需要杀死任何东西，”罗莎不容置疑地说，“不管是波罗哥夫还是莫迷罗斯。”

“你们觉得用什么装波罗哥夫好呢？”阿莱西娅思索着说道。

“好了，好了，咱们能先干正事吗？”罗莎拍了拍手说。

“我只是说，如果在找铛铛树叶的时候，我碰巧抓到了一只柔黏吐伏，有人有意见吗？”阿莱西娅问道，她眼神中的坚决让米罗有些担忧。

“到时看情况吧，”罗莎说，“一只柔黏吐伏不值得为此而死。”

“你还没见过它们长啥样呢，”阿莱西娅说，“我有种感觉，它们可能超级大。”

罗莎和米罗互换了一个好笑的眼神。“那咱们出发吧？”他们三个又挽起了手臂，这次换罗莎来读书：

这是灼物时间，柔黏吐伏，
在瓦贝上回旋钻洞：
波罗哥夫全是脆楣，
莫迷罗斯吼吹。

舒适温馨的树屋图书馆从四周陷落，取而代之的是并不怎么好看的景象。他们周围是一片茂密潮湿的森林，一阵刺骨的风吹来，让米罗打了个冷战。空气中弥漫着腐烂水果的味道，再加上脚下踩着一层厚厚的潮湿树叶，让人感觉整片树林都在腐烂。树木以一种不太讨喜的姿态紧挨在一起，它们的树枝相互缠绕着，仿佛想要让旁边的树窒息，树干上滴着某种黏黏糊糊的潮湿的东西。他们只能从头顶那茂密的树叶的缝隙里依稀看到石板灰色的天空。

一阵叽叽喳喳、窸窸窣窣的声音从身后传来，他们转过身去，米罗从没见过这么奇怪的生物在跳舞，它们围着——

“那是日晷吗？”米罗惊讶地说道。

“没错，”阿莱西娅说，她从罗莎手中接过书翻找着，“看，这里：蛋头先生解释说——柔黏吐伏‘在日晷下筑巢’，它们‘以奶酪为食’。罗莎，我应该向你要点奶酪做诱饵的。我怎么没想到呢。还有这里，瓦贝是日晷四周的草地。所以，它们就是柔黏吐伏！它们在回旋和钻洞！”阿莱西娅看起来非常高兴，她稍稍走近日晷，观察着这些吐伏，它们长得有些像小獾，黑白相间的身体是鳞片状的，没有毛，尾巴和鼻子有些弯曲，看起来像开瓶器。

“小心你的脚踝，阿莱西娅。”罗莎提醒她，但阿莱西娅已经被这些奇特的小怪物迷住了。

“它们好奇怪。”米罗说道，他拿不准自己是否喜欢这副模样。它们绕着圈跑来跑去，有几个在湿滑泥泞的地面上挖着小洞。

阿莱西娅冷不丁地冲上去一把抓了一个。

吐伏在阿莱西娅的怀里扭来扭去。但她一直紧紧抱着它，不一会儿它就安静了下来，依偎在她的胸前，这让阿莱西娅开心极了。“真

希望蒂莉在这儿，这样我就可以把它带回家当宠物了，”她抚摸着那奇怪的鳞片脑袋说道，“它们太可爱啦！”

米罗可不这样觉得，不过和刚刚从树丛里冒出来的玩意儿一比，它们确实可爱多了。那玩意儿出现在他们面前的小径上，长得像一个棕色火烈鸟和拖把的结合体，可能是米罗见过的最可怜的东西了。它身上的羽毛都支棱着，用悲哀的眼神看着他们，然后走过小径，消失在了另一边的树丛中。

“可怜的波罗哥夫，”阿莱西娅一副了然于胸的样子，那语气仿佛他们只是出来打猎玩，“现在只有莫迷罗斯还没看到了。我想那奇怪的口哨声可能是它们发出来的。”但没等他们看到莫迷罗斯，面前的小径上就突然冒出了一个男人。他直冲米罗而来，双手搭在了他的肩上。

“当心贾巴沃克，我儿！它有血盆大口、尖牙利爪！”他对着米罗吼道。

“嘿，你搞错了，”米罗边退后边说道，“我不是你的儿子。不过别担心，我已经……当心贾巴沃克了。我一点也不想碰见他。”

“还要当心啾啾鸟，避开那可怕的班德斯纳奇！”那人继续说道，并没理睬米罗的话。

“我发誓，我一点也不想和他们任何一个有任何瓜葛！”米罗说，“但请别这样，你找的人不是我。”

那人对米罗的话依然不置可否，他自顾自地从一个剑鞘中抽出一把锃亮的剑，硬塞到米罗手里。

这个给你，屠龙剑，

保重啊，我儿，

看，铛铛树就在那里，

在你的考验来临前，

可以靠着它休憩片刻。

米罗并不想接那把剑，可是那人双手合拢在剑柄上，要是米罗不接着，剑就要掉到泥里了。

“这真的不是我的，我都不知道怎么用剑，”米罗惊惧地抵抗着，“我不想要什么考验，我也不想和贾巴沃克对抗。”

“先生，我想你是把米罗错认成其他人了。”罗莎说着把一只手放到米罗肩上安抚他。但那人不愿再多说一句，很快从小径上跑掉了，留下他们三个困惑地看着他的背影，米罗手里还握着那把屠龙剑。

“好吧，至少我们可以用它砍铛铛树上的东西，”罗莎说，“而且现在我们知道哪一个是铛铛树了，那人已经把它指了出来。要不你们两个去砍点叶子，我在这里准备工具？”

然而还没等罗莎从肩上卸下她的背包，他们就听见巨大的咆哮声从非常近的地方传来。接着，贾巴沃克从树林里蹦了出来，眼睛喷着火。

20

宝剑挥舞

“把剑给我！”阿莱西娅喊道，但米罗被贾巴沃克吓得呆立在原地，手里仍紧攥着那把屠龙剑。这怪物是米罗见过的最可怕的东西，像是一条龙和一条巨蟒的结合体一样可怕。它的脸从长长的鳞片状脖子上垂下来，看起来像来自海洋深处的东西，球状的眼睛喷着怒火，细长的触角和可怕的尖鳍从下巴伸出来。皮革般的翅膀在它的头顶上毫无规律地拍打着，它的利爪从树上划过。

贾巴沃克走近，又发出一声令人毛骨悚然的嘶吼，站在了米罗、阿莱西娅和背着背包的罗莎中间。

“米罗！”阿莱西娅又一次叫道。

“我们必须立刻走！”罗莎喊道，但是阿莱西娅并没有把书递过去，也没有把它翻到最后一页。即使她这样做了，他们也没办法靠近罗莎，也就无法一起离开。阿莱西娅把书丢在了地上，试图把那把剑从米罗手里扯出来。就在这时，贾巴沃克又迈着笨重的步伐走近了些。

米罗终于缓过神来，松开了那把剑，巴不得赶紧把它交给阿莱西娅，可她刚一拿到，剑就掉到了地上。

“你是怎么拿得动它的？”阿莱西娅喊道，试图把剑重新拿起来，但失败了。

米罗又惊慌又疑惑——这把剑在自己手里并不是特别重，但阿莱西娅连从泥土中撬动它都很困难。贾巴沃克又走近了，发出嘶嘶的叫声。米罗发现它的眼睛紧盯着阿莱西娅，而阿莱西娅的注意力全在那把剑上，正为自己拿不起来剑而懊恼。如果没有人做点什么，贾巴沃克就要扑向她了。**为什么没有人做点什么？**此时米罗心里只有这一个想法。时间似乎一下子慢了下来，凝固住了。

米罗仍然很害怕，但他的心神凝聚了起来。

他心中的所有不公、焦急和愧疚顺着手臂传到了指尖，隐隐作痛。

他想到了霍拉旭、佩吉斯家族和阿莱西娅，他直视着贾巴沃克那张可怕的脸，一边盯着它的眼睛，一边弯下腰捡起了屠龙剑。

他牢牢地握住它，虽然几分钟之前他还是有生以来第一次拿剑，但他发现这把剑的重量对于他而言刚刚好，握在手中感觉踏实又舒适，他几乎是本能地知道如何握住它、挥动它。

他猛地向前飞奔，贾巴沃克已经作势扑向阿莱西娅，她正惊恐地抬头望着它流着口水的下巴，就在此时米罗出手了。

贾巴沃克倒下了。在它倒下的那一刻，米罗那股凝聚的心神消失得无影无踪，他觉得自己要吐了，还想哭。他重重地坐倒在潮湿的地面上，被吓得缓不过神。

“你真是太厉害了！”阿莱西娅说着扑在泥地上，两只胳膊搂住他，“你是怎么做到的？”

“我也不知道。”他实话实说。

“你为什么能把剑举起来？”阿莱西娅带着些许妒忌的口吻说道，“你并不比我强壮呀。”

“确实，”米罗说，他终于笑了出来，“可能是因为那个人把剑给了我，所以我是第一个接触它的人？我不明白。”

“显然这把剑是为你准备的，”罗莎说着，也和他们一起坐在了地上，脸色惨白，“你很勇敢，米罗。”

他们三个安静地坐了一会儿，大口地喘着气，看着贾巴沃克那具异常丑陋的骸骨。但是这片刻的宁静被灌木丛中的另一阵窸窸窣窣声打断了。米罗急忙伸手去拿剑，但他们很快认出来者只是之前的那个男人，他回来看那只被杀死的怪物。

你杀死了贾巴沃克吗？
到我怀里来，我春风得意的儿子！
啊，真是愉美的一天！咔噜！咔嘞！

他高兴地哈哈大笑。他把米罗拽到他脚边，两只胳膊抱住他。

“啊，是，”米罗尴尬地说，从他的怀抱中挣脱出来，“我是，我不是，是我杀的。”米罗已经有点言语无措。

“噢，真是愉快又美好的一天！”男人重复了一遍，并在米罗的

额头上印下一吻，然后蹦蹦跳跳地回到森林里，扬扬得意地在贾巴沃克的尸体边跳舞。

“我总是忘记书行到刘易斯·卡罗尔写的书里是什么样的感受，”罗莎叹了口气，“真是一刻也不消停。咱们现在赶紧把事情弄完，然后回安全的地方去？”

米罗点了点头，他整个人仍然愣怔着。阿莱西娅转身回到铛铛树旁，摘了几片叶子，又剥下一片树皮。她把它们小心地递给罗莎，后者已经在麻利地架起烛台和盘子了。

在他们等待树皮和树叶分解成纯想象力的间隙，阿莱西娅又从日晷底下抓了一只吐伏，试图说服米罗摸摸它。

“这会让你感觉好些！”她说着把那只奇怪的开瓶器似的动物抱给他，那东西略带敌意地冲着米罗嘶嘶叫着。

“呃，不用了，谢谢，”米罗防备地说道，“我没事。”

“随你便吧，”阿莱西娅说，她抚摸着那只动物的鳞片头，低声对它说着甜言蜜语。“等我们下次见到蒂莉，”她向它保证道，“我就把她带到这里来，我们会找到你，带你回家，你就可以来和我一起生活啦！”

“我看你是不打算把它变成书魔法做解药啦？”米罗说着，疲惫地笑了笑。

“你怎么敢这样说？”阿莱西娅说，她似乎很气米罗竟然提起这回事。她想要用手捂住小东西的耳朵，不过发现它似乎没有耳朵。“不要听坏米罗的话，”她学着小宝宝的语气对它喃喃道，“我可从来没说过这种话。”

此时，罗莎已经把铛铛树的树叶和树干的分解物倒进了一个瓶子里，米罗大笑了起来，躺回到潮湿的地面上。要是霍拉旭看到他现在这副样子……

21

关键时刻的英雄

他们终于回到了树屋，虽然满身泥泞、精疲力竭，但很是心满意足。

“我的天，”罗莎说着取下了她的背包，“这次可是有些出乎意料啊。”

“很难说在一首关于贾巴沃克的诗里出现了贾巴沃克会有多出乎意料。”米罗说，他尽量控制自己不带“我早就告诉过你”的语气。

“说的也是，”罗莎笑道，“只是这一切发生得比我预想得要快一些——我以为咱们会有更多的时间。我没想到那个男人会出现并把屠龙剑给你，米罗。我之前也去过这首诗，可是他从来没有这么快出现过。我不知道是什么变了。但关键是我们安全返回了，而且七种解药成分我们现在已经有了四种。”

“注入生命的死亡、非自然事物的标志、不可能之物，还有姜。”阿莱西娅清点了一下。

“已经过半了。”米罗满意地点点头。

“我想现在是时候洗个澡，然后吃晚饭了，你们觉得呢？”罗莎说，“咱们可以计划一下去哪里找一件**正当盗取**的东西。我还要和莉娜说几句话。”

阿莱西娅让米罗先去洗澡，因为他身上沾了贾巴沃克的血。米罗很乐意接受这份好意，他想尽快把身上的泥土还有来自那片森林和怪物们的气味洗刷干净。浴室小木屋像一个小小的桑拿房，热水从淋浴喷头里流出来，让整个房间充满蒸汽。浴室里放了一瓶薰衣草香味的皂液，还有一叠柔软的白色毛巾，他用了许多皂液清洗身体。斩杀那个怪物后，他的身体还有些颤抖，但他也感觉到了以前从未有过的感受——他的胃里有股暖意，当时那股凝聚的心神还留有一缕在他的身上。也许这就是自信的感觉，他发觉自己挺喜欢这种感觉。

换上干净衣服的感觉也很好，米罗回到厨房，打算去跟阿莱西娅说浴室可以用了。阿莱西娅和罗莎正在大谈炼金术，同时罗莎搅动着架在炉子上的一口锅，阿莱西娅则坐在桌边切着沙拉。那只松鼠肉豆蔻正站在窗台上，啃着一个橡果。

“他来啦，”罗莎一看到米罗就说道，“关键时刻的英雄。贾巴沃克杀戮者！”

米罗的脸一下子红了。

“你知道的，我不得不阻止它吃掉阿莱西娅。”他说。

“我很感激，”阿莱西娅笑了，她把切沙拉的刀递到米罗手里，“我可不想被贾巴沃克吃掉。这种死法一点儿也不美好。”

阿莱西娅去洗澡，米罗则开始切番茄。

“你还好吗，米罗？”罗莎一边搅拌锅里的东西一边问道，米罗看到那是一锅烩饭。

“还好。”他不假思索地答道。

“你有什么想要问我的吗？”她问道。

“你觉得那些成分会起作用吗？真的能让我叔叔醒过来吗？”

“会，我觉得希望挺大的。我们三个加在一起，已经对炼金术士和他的思维方式有相当多的了解，所以我想，我们有把握准确地破译那个配方。”

“解药做好后，我们会把它带去佩吉斯书店吗？”

“对，不过可能在那之前我们就得去那里，”罗莎提醒道，“我们去地下图书馆的遗失物管理处，可能需要蒂莉帮忙。”

“哦对，”米罗想起来了，“蒂莉是安全的，对吧？”

“我不想骗你——只要炼金术士认为蒂莉是他拿到《万书之书》的唯一途径，蒂莉就不会安全，”罗莎说，“但我不认为她现在处于紧迫的危险之中。我打算明天问问佩吉斯家族怎样去地下图书馆，在那之前她应该是安全的。”

“她是否真的是炼金术士认为的匿名读者，你知道吗？”米罗问道。

“我不知道，”罗莎说，“只有匿名读者的力量受到考验，我们才能确定这件事，所谓考验就是有人尝试获取并阅读《万书之书》。”

“连你都不能阅读它吗？”

“不能，”罗莎说，“一个人不能拥有这么大的能力。你不能让同一个人既守护它又能阅读它——任何人都很难抵制如此大的诱惑。”

“看来很可能就是蒂莉，对吗？因为她有很多特殊能力。”

“确实，我同意我们应该认真考虑蒂莉是匿名读者的可能性。但不是因为你说的她有特殊能力，而是因为她与故事的关系。匿名读者代表了所有的读者和讲故事的人，而不仅仅是书行者。现在烩饭已经好了。你可以摆一下桌子吗？阿莱西娅应该随时都会过来。”

五分钟后，罗莎正给米罗和阿莱西娅盛南瓜烩饭时，厨房的门开了，莉娜站在门口。

“吃饭不带我？”莉娜说道，脸上露出揶揄的笑容。

“我本打算一会儿给你拿上去一碗，莉娜，”罗莎不慌不忙地说，“我刚去找你的时候就跟你说过了。”

“别担心，”莉娜说，“你们不用对我遮遮掩掩的。都放宽心，我不会去偷拿我唯一的孙子的东西，偷走司机口哨。你们把我当成什么人了！”

她的话恰恰起到了相反的效果，米罗忽然更强烈地感觉到，她非常有可能这样做。他忍住不去查看口哨是否还安全地挂在自己的脖子上，因为他不想让她看见口哨在哪儿。

罗莎盛了一碗烩饭给莉娜，他们尴尬地沉默片刻，才开始吃饭。

“你们救我儿子这事儿，进展如何？”莉娜说道。

“我们已经找到了一些需要的东西，”罗莎说，“这在很大程度上要归功于这两位的勇气和聪明才智。我们本来正要讨论去哪里寻找清单上的下一个成分。”

“哎呀，说吧，你们在我面前大可以畅所欲言，”莉娜咳嗽了一声后说道，“我现在这样也不能做什么。再瞅一眼长词号不算罪大恶极吧。我的儿子和我的关系可能是不怎么好，但我还是希望他正常地活着——这一点你们总该相信吧。而且正好有事情也能让我的脑子转一转。就让我帮忙吧。拜托你们了。”说到最后，她的声音已经有些嘶哑，米罗愿意相信她对霍拉旭的关心是真心的。罗莎看了米罗一眼，他点了点头表示同意。

“我们要找一件正当盗取的东西，”他解释道，“它必须是书里的东西，因为它得是想象力生成的。”

“有意思，”莉娜喃喃道，“不错，杰罗尼莫喜欢把他的配方写得很有诗意。过去他常跟我说他有——”

“一个艺术家的灵魂。”阿莱西娅翻了个白眼接茬道。

“没错，”莉娜说，“‘正当盗取’，是这么说的吗？”

“‘以表明解药的效力’，原话是这么写的。”米罗补充道。

“所以，也许是某件被偷走的东西，但偷它要有正当的理由？”莉娜思索着说道，“这让我立刻想起一件事，有人从富人那里偷东西给穷人……”

“罗宾汉！”米罗激动地说，“没错！”

“这是个很好的建议，”罗莎赞同道，“这个想法很妙。只要我们能避开诺丁汉警长，从那里拿东西应该不是很危险。阿莱西娅，你觉得这个故事符合吗？在我看来，你父亲不一定会很喜欢财富再分配这种行为。”

“你的意思是，鉴于他试图夺取全世界的知识并归为已有？”

“是的。”罗莎答道。

“老实说，我想他可能真把自己当作罗宾汉式的人物，”阿莱西娅说道，“他发自内心地认为他的行为是为了所有书行者以及整个世界的利益，他认为当下有太多的掌权者做的决定很糟糕，他会比他们做得更好。”

“前面那一点确实没错，”罗莎说，“但我不认为任何一个人应当对任何事情有如此大的掌控力。”

“我同意，但是我想说的是，我父亲很可能非常钦佩罗宾汉，因为他打破了所有规则，只遵循他自己的规则，虽然在我们看来他们两个简直天差地别。我们应该读一下那本书，看看里面是怎么写的。”

“这个计划好，”罗莎说，“吃完晚餐就去图书馆。”

“罗宾汉和我可是老交情了。”莉娜插话道。

“你和罗宾汉有交情，我一点也不奇怪。”罗莎说。

“那我就跟你们一起去书行，”莉娜继续道，“我可以帮忙和他谈谈，拿到你们需要的东西。”

“不行！”罗莎直白地拒绝道。

“我不介意有一点危险。”莉娜说。

“你知道，这不是因为对你有危险，”罗莎说，“虽然在树林里跑来跑去可能确实对你来说有些危险。你不应该书行。”

“别忘了，我们要救的是我的儿子。”莉娜冷冷地说。

“你儿子就是被你共事的那个人害得中毒的，很显然你到现在还崇拜他！”罗莎生气地说。

“你控制不了我。”莉娜面无表情地说。

“我可以，”罗莎说，“是你的种种选择把你带到这里：你决定和一个你明知不道德的人合作，你为了实施自己的计划不顾他人的健康和安危，哪怕是你自己的家人。你能待在这里已经很幸运了，多亏你儿子请求我，要不是他，你只能落得一个名声扫地、孤独终老的下场。你就待在树屋里，不能和我们一起去。”

听到这儿，莉娜放下了她的咖啡杯，没有说话便离开了温暖的厨房。米罗和阿莱西娅沉默地坐着，感到有些尴尬。

“我很抱歉，”罗莎说，她脸上余怒未消，“你看到这一幕一定很不开心，米罗。我很遗憾你的奶奶不是……呃，不是你可能期待的样子。她是一个复杂的女人，不喜欢遵从别人的规则。不过一切都会好

起来的，请不要担心。”

“没事。”米罗轻声说道，他不知道除此之外自己还能说什么。自己的家人造成了这么多混乱，而且这混乱还在持续，这让他感到又难为情又尴尬，他努力抑制住想要为此而道歉的念头。

“我希望你不要为你的家世而感到自责，”罗莎温和地说，“你就是你自己，米罗。周围的人确实会影响我们，但是我们并非完全由他们塑造。我们向来都可以选择想要成为什么样的人，也可以选择做出何种改变。对于你们两个来说都是如此，”她边说边把两只手伸过桌面，分别握住了阿莱西娅和米罗的手，“一定记住，你们可以决定自己是谁，代表谁。”

22

正当盗取之物

吃过晚饭，他们三个就去图书馆找寻罗宾汉的故事。

“有很多不同的版本，”罗莎说，“实话说，我一下子想不起来都是谁写了这些故事。”

“那我们怎么找它们呢？”米罗问道。

“当然是检索啦，”罗莎答道，“没有一家图书馆是不能检索的。”她打开了一个桌子上的笔记本电脑，在搜索框里输入“罗宾汉”，看到米罗和阿莱西娅两人对这现代科技的反应，她哈哈大笑。

“你这里怎么会有 Wi-Fi 的？”阿莱西娅问道。

“阿莱西娅，你可不要再为电话和互联网而惊讶了！”罗莎大笑道，“这里只是乡下而已。”

“确实，但我们是在一棵树上哎。”阿莱西娅反驳道。

“但这是一棵……嗯……现代化设备齐全的树，”罗莎说道，“总之，找到了！我这里有一本霍华德·派尔（Howard Pyle）写的罗宾汉的故事，那么我们在 P 目录下找吧。”

这本书很容易就找到了，罗莎立即开始翻看。

“你们觉得这个计划如何？”她说道，“我带着这本书去床上，在睡前读一读，看看我们从哪一部分书行进去比较好。同时我也会看看你叔叔那些用密码写的笔记。我们先睡个好觉，明天准备动身去舍伍德森林和地下图书馆。毕竟我们今天也做不了太多事情了。”

米罗心里有些想赶紧推进，在今天尽量多找几种成分，但对柔软的床和睡眠的渴望还是压倒了这个想法，所以他愉快地同意了。

“不过你们先听一下，”罗莎补充道，“这里也许不错。”她大声读出她找到的一个段落。

> 所以，在那一年，有一百多个或更多身强体壮的自耕农聚集在罗宾汉身边，推举他成为他们的领袖和首领。他们立下誓言，尽管自己也曾被掠夺，他们也会去掠夺他们的压迫者，无论是男爵、修道院院长、骑士还是乡绅，每个人通过不公正的税收、地租或者不正当的罚款从穷人那里榨取的财富，都要通通夺回。但对于穷人，他们会对困境中的人伸出援手，并将不公正地从他们那里攫取的东西还给他们。

“完美，”阿莱西娅说，“还有什么比这个线索更符合‘正当盗取之物’呢？这一次应该很容易了。”

罗莎在那一页夹了一张纸片做标记。“我们也不要过早下结论。我会找到一个真的有偷盗内容的故事，明早就可以去那里。咱们还需要好好看看这些记录，不过我想咱们离成功不远了。今天做得很棒——现在我带你们看看睡觉的地方吧。”

他们跟着罗莎上到三楼，通过与主平台连接的小桥走到一间舒适的小屋，小屋建在树梢上，房门上挂了一圈很有童话感的灯。里面是一间双床卧室，两边各放了一张不甚宽大但看上去很舒适的床。床是木制的，床体很高，米罗爬上去的时候，感觉自己像躺在一条舒适的小船里。床单洁白柔软，房间里弥漫着木头、棉花和新鲜空气的味道。

“你们不缺什么东西吧？”罗莎在门口问道，“我想明天的阳光会叫醒你们，如果九点还没有你们的动静，我就端些茶或者果汁过来，怎么样？”

“谢谢你。”米罗说道。

“晚安，米罗，”罗莎边说边把门关上，“晚安，阿莱西娅。我很高兴你们在这里。睡个好觉，毕竟‘我们都是梦中的人物’①。”

这让米罗想到这句话的作者威廉·莎士比亚，他曾经和蒂莉一起陪伴他们去拯救大英地下图书馆。想到这儿，米罗带着笑意闭上了眼睛。他本打算继续和阿莱西娅聊聊今天发生的一切，但一阵轻微的鼾声从另一张床上飘了过来，他意识到阿莱西娅已经睡着了。没过多久，米罗就加入了她的行列，他们俩都睡得很香，树枝沙沙地拂过墙面，月光悄悄地从窗外洒进来。

① 原文为“we are such stuff as dreams are made on”，是莎士比亚的戏剧《暴风雨》第四幕中普洛斯彼罗的台词。——译者注

23

倒计时

夏末的阳光透过松树枝照进小屋，唤醒了米罗。他感觉自己很久没有睡得这么好了。

“你睡得好吗?”他问阿莱西娅。没有人回答他，他以为她还在睡着。不过当他坐起来伸懒腰时，他发现阿莱西娅根本不在床上。他第一反应是感到一阵心悸般的恐慌，但是等他冷静下来，就坚定地告诉自己，她可能只是起得早了些，正在厨房吃好吃的呢——而他也正想去那里。他迅速换好衣服下楼，发现阿莱西娅确实早就下来了，她正吃着一片涂了蜂蜜的厚吐司。

“早上好，米罗!”罗莎说，“我正要去叫你起床呢。”

“抱歉，我睡过头了。”他说。

“嗨，不必道歉!”罗莎说，“你没有睡过头!现在还没到九点呢——还有几个小时才能看到莉娜。我刚起不久阿莱西娅就起床了，她是早起的鸟儿。”

阿莱西娅一边嘎吱嘎吱地大嚼着她的吐司，一边咧嘴笑了笑。

“我和我爸爸住一起时就习惯早起，偷偷到处转悠，”她说，“旧习惯很难改掉。”

“我给你弄点早餐吧？”罗莎问。

“谢谢，”他答道，“随便什么都行。”

“我们有吐司，这你看到了，也听到了，要么吃点鸡蛋、麦片，还有各种水果。”罗莎一一罗列。

“最简单的就行！”米罗乐呵呵地说，不想让罗莎太麻烦。

“啊，我刚好要给自己做炒鸡蛋，”罗莎说，“你喜欢的话也给你来点？”

“听起来不错，谢谢，”米罗说，“有什么我能帮忙的吗？”

“不用，”罗莎说，“你坐吧。来杯茶，还是橙汁？”

“橙汁吧，谢谢。”米罗说着在阿莱西娅旁边坐下来，“你起来很久了吗？在干什么？”

“罗莎在图书馆给我看罗宾汉的故事，”她答道，“我们来吃早餐前把书留在那里了，方便待会儿书行进去。”

“你对罗宾汉有什么看法？”米罗问。

“跟我预想的不太一样，”阿莱西娅说，“至少在这个版本里是这样的。各个版本中罗宾汉的形象都不同。但我觉得，有几本书里有有用的情节，就是他们真的为其他人的利益去偷东西的情节。”

“我也看了看那些记录簿，”罗莎说，“我不太确定它们会对制作解药有什么用处，里面的页面现在几乎已经完全空白。不过在我的印象里，炼金术士不大会创造出如此精巧又复杂的东西，但同时把它的成败全部系于一件东西上。事实上，我认为这也许正是这个解药的天才之处——配方可以有很多种解释，所以就更难制成。不过一旦真正理解了这些成分线索的意思，就会发现它其实是有保险机制的，以防某种成分无法获取。话虽如此，我却不太确定能拿什么代替阅读者的记录，因为这记录是他们自己的想象的一部分。或许可能是读者身体的一部分？”

“唠。”阿莱西娅小声说。

“这只是一个想法，”罗莎说，“别担心，要喝下解药的又不是你。”

“你看了我叔叔的笔记本了吗？”米罗问。

“我看了，但恐怕我能看懂的不多，”罗莎说，“你一定也注意到了，他在提到人的时候似乎用的是首字母缩写，但是其余部分对不上我所知道的任何代码。我想，目前最好的办法是咱们尽快让他醒来，把破译笔记本作为最后的手段。”

罗莎正把米罗的那盘炒鸡蛋端上桌，这时她的口袋震动了起来。她掏出手机，扫了一眼屏幕，就把它递给了米罗。

上面显示：玛蒂尔达·佩吉斯。

“你好？”他接起电话说道。

“米罗？是你吗？”蒂莉的声音从电话那头传来。阿莱西娅朝他打了个手势，他耸了耸肩，于是她叹了口气，从他手里抢过电话，按了个按钮，把它调到免提。

“嗨，蒂莉，我是阿莱西娅，”她说，“米罗和罗莎也在。我们都能听到你的声音。”

“蒂莉，你没事吧？”米罗急切地问道。

“呃，可以这么说，”电话那头答道，“目前没事，但是我们刚收到了一个包裹。是炼金术士寄来的。”

罗莎手里的马克杯掉在了地上，热咖啡洒到木地板上。

“你们……你们还好吗？”蒂莉的声音传来。

“还好，抱歉，蒂莉，”罗莎说，“你好，很高兴能和你说话。希望我们很快有机会见面。炼金术士给你们寄了什么？”

“是一个时钟。”蒂莉说。

“哈？”米罗大吃一惊，阿莱西娅看起来更加紧张了。

“是倒计时钟吗？”阿莱西娅紧张地问道。

“你怎么知道的？”蒂莉说。

“这很符合他的风格，”阿莱西娅答道，“我敢肯定那钟一定非常好看。”

“没错，”蒂莉承认，“钟是透明的——可以直接看到里面所有的装置，包括齿轮的转动。”

“这都很好，”罗莎说，她对正在渗入地板里的咖啡视而不见，“但是倒计时是关于什么的呢？他有写信来吗？”

“有，”蒂莉说道，“我念给你们听。”

亲爱的玛蒂尔达：

我相信你和你的家人一切安好。我之前通过长词号给你寄了一封信，讨论我们接下来的计划和合作。在信中我说过，以你的家人和米罗·博尔特的人身安全作为交换，你会给我带来《万书之书》。我本来期望你已经动身去植物学家那里为我拿到它，可是我的线人告诉我，你仍然在伦敦的佩吉斯书店，而且你的外公已经醒了，这要归功于被偷走的那一剂解药，我想应该是阿尔忒弥斯帮助你制成了解药。我只能当作你没有看到我的第一封信，所以我礼貌地在这里重复我的提议，以确保你已清楚了解我的意思。随信附上一个时钟，它将在英国标准时间六点停止。我是一个通情达理的人，因此我不指望你在那时已经取回了《万书之书》，但我希望在那之前你已确认你会去寻找它，这样我就不必采取不那么优雅且更有压迫性的谈判手段。你可以通过任何版本的《绿野仙踪》的环衬页与我联系，信会发到我在威尼斯的住处。如果你更喜欢现代化的联系方式，我也在下面留了我的电话号码。你可以告诉托马索你的名字，他会确保你尽快联系到我。

期待很快收到你的回信，因为我相信你已经认识到事态的严重性，以及我将不惜一切代价获得《万书之书》。

此致

杰罗尼莫·德拉·波塔

念完后大家沉默了片刻，因为树屋里的三个人需要花点时间理解。

“所以你得在今天六点钟之前告诉他，你会去找这本书？”米罗总结道。

“基本上是的，”蒂莉说，“而且在这之前，我还没有来得及告诉我的外公母和我妈妈，他认为我是唯一可以得到《万书之书》的人，我刚刚才告诉他们。我本来是不想让他们担心，但是不用说，他们现在很担心。那本书在你那里吗？”

“不在，”罗莎说，“我知道它在哪儿，但是它不在这里。好，我们接下来这么做。蒂莉，我想我们需要霍拉旭才能最终打败炼金术士，我们必须从地下图书馆拿到其中一个成分才能做成解药。所以，我们现在就去佩吉斯书店接上你，然后去地下图书馆拿那个成分，但愿韦斯珀女士可以帮忙。之后我们回到书店把你的家人接到这里来。”

“炼金术士会找到你那里吗？”

“我不知道，”罗莎说，“书魔法的保护会尽量让这个地方保持隐蔽，但如果你认为他还没弄清楚我在哪里，就太天真了。不过我们都到这里之后，如果有必要的话，就可以着手制订新的计划了，我们甚至可以暂时躲到哪本书里。但我们需要在截止时间前让你的家人和霍拉旭离开佩吉斯书店。你们觉得这个计划可以吗？”

“可是剩下没找到的成分怎么办？”米罗说。

“我们可以再去《罗宾汉》，”罗莎说，“可以有个人迅速去到那里，拿到需要的东西，然后我们就只需要解决记录簿这个成分了。我们会确保每个人在这里的安全，同时这里也有我们制作解药、唤醒霍拉旭所需要的东西。做好解药，了解了他所知道的事情后，就可以着手下一步计划。这样安排好吗？”

“好！”三个孩子齐声说。

“坚持住，蒂莉，”罗莎说，“告诉你的外公母关闭书店，收拾好需要的东西，准备好带霍拉旭离开。我们很快就会到你那里。”

“你注意到了吗？我父亲以为是阿尔忒弥斯帮助我们做了解药。”阿莱西娅小声说。

“什么？”米罗问，他没太注意信里有提到这一点。

“他甚至压根没想到我才是有他配方的那个人，也根本不觉得我知道任何有用的东西。”

罗莎把手放到阿莱西娅的肩上，一边安抚她一边说：“我倒是认为，对你的低估将是导致他最终失败的关键因素。”

24

一片祥和的诺丁汉

“我们把莉娜留在这里没事吗？”米罗问。

“嗯，我觉得没事，”罗莎说，“我本来就时不时地出门历险，别看她抗议这抗议那，但她知道她在这里最安全——她已经惹恼和背叛了太多的书行者，很多地方都不能去。不过也许你可以给她拿一杯绿茶，顺便跟她说一声，我们要去地下图书馆了，很快就会回来。佩吉斯一家——还有霍拉旭——要过来，最好能让她有个心理准备。”

米罗把水烧上，选了一个明快的黄色杯子。茶泡好后，他小心翼翼地走上楼梯，尽量不让热饮洒到自己的手上。莉娜的房门关着，他轻轻地敲了敲，但没人应。

“莉娜？”他叫道，“我是米罗，我来端杯茶给你！你起床了吗？我们马上要去地下图书馆了。”屋内依然没有动静。米罗赶紧把门推开了一条缝往里看。阳光洒进屋内，房间里空无一人，床铺很整齐，窗户是打开的，不时有阵阵清风吹进来。

“莉娜？”米罗又喊道，他大着胆子往里走，一边呼唤着他的奶奶，尽管他知道她不在那里。这只是一个单间，很显然空无一人。

“她一定是下楼去图书馆了。”米罗试图说服自己，但是当他盯着茶杯往后退时，脚却踩到了地上的东西。是一本书，摊开在地板上。米罗慢慢蹲下身子把书捡起来，他本来只想把书放起来，免得碍到他走路，但准备合上书时低头瞅了一眼，发现书页上的字在移动。

射击比赛当天，诺丁汉镇一片祥和的景象。一排长椅沿着城墙下的绿色草地摆开，一个摞着一个，供骑士和夫人、乡绅和贵妇，以及富有的市民和他们的妻子入座。因为只有那些有身份有地位的高贵人士才能坐在那里。

在靶场的尽头，靠近靶子的地方，有一个凸出来的座位，装饰着丝带、围巾和花环，那是专门给诺丁汉警长和他的夫人准备的。靶场有四十步宽。一端是靶子，另一端是一顶条纹帆布帐篷，帐篷的杆子上飘动着五颜六色的旗帜和飘带。这个摊位上放着几桶麦芽酒，任何需要解渴的弓箭手，或者任何想一睹选手的风采并想讨一杯麦芽酒的过路人，都可以随意拿取，一位老妇人就拿了一杯。

如果这些字没有在米罗的眼皮底下变化，他根本意识不到有什么不对劲。他自己从未读过罗宾汉的故事，但这无关紧要，因为这些移动的句子无疑是在表明里面有一个书行者。米罗丢下那杯茶，冲下楼梯来到图书馆，罗莎和阿莱西娅正在那里等着。他把书塞给她们看。

“我想，莉娜一定是自己去找下一个成分了。”他上气不接下气地说。

“什么？”罗莎疑惑地说。

“你看，”米罗说，“这里有个书行者。我在莉娜的房间找到了这个。你说她得知不能和我们一起去的时候很生气，看来她应该是没有跟你说就直接自己去了。”

“该死，”罗莎说，她抓过那本书，查看里面变化的单词，“她一定是趁我们吃早餐时来这里拿走了书。”

“但是为什么这本书还在这儿呢？”阿莱西娅指出，“她应该带走它的，否则她怎么回来呢？”

“你确定她不在她的房间里？”罗莎向米罗确认道。

“肯定不在，”他说，“这书当时在地板上，是打开的。她会不会把书落下了？我以为她知道书行是怎么一回事。”

“她当然知道，或者说曾经知道，但是她现在已经不再书行了，除非有我的帮助。”罗莎说，“她最近身体不太好，也许她是因为很长时间没有书行，被书行的感觉吓到了，所以把书丢下了。不过毕竟这本书在这里，我想不出除了她还会有谁在里面。而且咱们这就要去佩吉斯书店了。”

“不是六点才去吗？”阿莱西娅问道。

“我觉得咱们不应该卡着点去。”罗莎说。

“当然，”阿莱西娅言之凿凿，“但是现在才早上九点多，离我父亲的最后期限还有整整九个小时。咱们可以先去找莉娜，顺便在那里拿到最后一个成分，然后再去佩吉斯书店和地下图书馆。这样在六点前，莉娜安全了，咱们也拿到成分了，而且可以接走佩吉斯一家。是你自己说的，你认为要真正打败我的父亲，需要得到霍拉旭所知道的信息。”

“你是对的，”罗莎说，她算了算时间，“这并不需要很长时间，咱们从书里出来后可以马上出发。咱们确实不能让莉娜留在书里出不来，而且谁知道她去做什么了？只能希望她只是去找解药成分。咱们还有时间。”

“那咱们走吧，”米罗说，他挽住了两人的胳膊，开始读书准备穿进去。

在凸起的给上等人士准备的座位前面，有一个横穿靶场的栏杆，以防止穷人挤在靶子前面。

25

这么多盗贼

树屋开始消散，取而代之的是一片嘈杂、喧嚣的草地，这是一个已经有些寒意的秋日。米罗看了看章节的标题，发现莉娜书行到了一场射箭比赛，罗宾汉正准备乔装打扮来参赛。

米罗、阿莱西娅和罗莎就站在诺丁汉城外，小镇的围墙横贯场地的一侧。那些为富人准备的长椅已摆好，富人们穿着丝绸、皮毛和天鹅绒的衣服就坐。越来越多的富人乘坐小马车或者骑着缰绳上挂着铃铛的马来到这里。草地的另一侧是来围观的穷人，他们或站着，或坐在草地上，但都没有越过栏杆，那栏杆是为防止他们误入射击区域。草地的一头是靶子，另一头是一顶挂着旗帜的彩色帐篷——麦芽酒桶就放在那里，米罗就是在此处读到了莉娜。

这行文字带他们书行到了穷人的那一侧，这里有一种喧闹的喜庆气氛，人们忙着占住看射击比赛的好位置，还有携家带口来的，在等待比赛开始的间隙嬉笑玩闹。

“记住我的话，”米罗无意中听到一个男人对他年幼的儿子说，“今天的射击比赛会很精彩——会有最好的弓箭手来参加比赛。看，有红帽子吉尔，警长手下的头号弓箭手。”

“还有山谷射手亚当，”另一个人指着一位帐篷里的弓箭手说，“塔姆沃思人，他已经六十好几了，他曾在正当盛年的时候参加过伍德斯托克那场著名的比赛。”

米罗、阿莱西娅和罗莎在人群中穿梭。

“要不是有倒计时，这儿应该挺有趣的。”阿莱西娅边说边从路过的小贩那里偷拿了一个馅饼，小贩没有察觉，她把馅饼揣到身上。米罗发觉自己也有同样的想法，并决定在事情都处理好后再回来看看。还没等他们到帐篷，人群忽然都不动了，所有人都抬起头来，四下里一片寂静。米罗顺着人们的目光看过去，只见一个大汉骑着一匹白马，旁边还有一个骑着棕色马的美女。那大汉戴着一顶紫色天鹅绒帽，穿着与之相配的毛皮镶边长袍。长袍下是深蓝绿色的衣服，他的鞋子是黑色尖头的，他的脖子上挂着一条巨大的金色链子，衣领上还缀着一颗巨大的红色宝石。他的样子非常引人注目。那女人是同样的盛装打扮，不过没那么浮夸，她穿着一件缝有白色羽毛的蓝色天鹅绒连衣裙。他们显然是那里最重要的人。米罗看了看书。

“那是诺丁汉警长。”他小声对阿莱西娅说。

“我想也是。”阿莱西娅点了点头。

他们出现时人群安静了片刻，随即爆发出呐喊和欢呼声。警长和他的妻子落座在那个最华丽的布满旗帜和鲜花的座位后，一个男人站起来，用他的银色喇叭吹了三个清晰的音符，参赛的弓箭手走上前来，排成一排，人们认出他们最喜欢的选手后又发出一阵阵的欢呼和

呐喊声，这场景就像一场中世纪的足球比赛。

米罗向帐篷走去，但在传令官的命令下，大家又安静了下来，继续往前走势必会引起注意。

“比赛规则如下，”传令官大声宣读，他的声音如洪钟般洪亮清晰，在空中回荡，“每人从标记处射击，距靶一百五十码，各射一箭，取前十者再赛。前十者射二次，取前三者再赛。前三者射三次，取最优者获得嘉奖。”

“他在说什么？”阿莱西娅说。

“大概是说他们每个人都射一箭，取前十名再比一次，”米罗一边说，一边与书中的内容核对，“然后成绩最好的三个再比一次，他们中成绩最好的就是赢家。”

“那莉娜为什么来这里呢？”阿莱西娅问道。

“我想是为了奖品，”米罗说，他试图找到奖品是什么，“其中一名弓箭手是乔装打扮的罗宾汉，这样他可以在警长的眼皮底下赢得奖品。哦，是的，看，奖品是一支金箭。他可能会赢得它，然后把它卖掉，用得来的钱帮助人们。”

“所以，我们需要的是那支箭，”罗莎说，“但愿莉娜也是来找它的。”

趁着弓箭手排队站好，围观的人们忙着挤占观赛的好位置时，三个书行者走到了另一端那顶彩色的帐篷旁边。因为弓箭手们马上要在草坪上进行比赛，这里空无一人，只有麦芽酒桶——莉娜不知踪影。

“你能看到她在书里的位置吗？”罗莎问米罗，米罗正在翻阅他们书行进来的那段文字后面的几页，查看哪里的文字有移动。

“我看不到字有任何变化，”他说，“也许她离开了书页。”

“这不奇怪，”罗莎懊恼地喃喃自语，她头一次显得不太冷静，“莉娜也许在寻找出去的方式。天知道如果你没有注意到文字的移动，她该怎么办。米罗，如此自私的做法真是她的典型作风，而且——”她没有说下去，“对不起，米罗。”

“没事。”米罗又说。他只和莉娜与罗莎共同相处了一天，但他已经知道，他的奶奶并不比植物学家更值得信任，尽管这并非他所愿。发现麦芽酒帐篷空无一人后，他们溜到富人们坐的长椅后面，想看看莉娜会不会躲到远离比赛中心的地方去。

“那人可在此，夫君？”他们经过这对夫妇身后时，米罗听到警长的妻子悄声问她丈夫。

“没人穿着林肯绿，”警长回答，“不过，他可能在那里，人群中我找不见他。让我看看何时到十人赛，因为我知他会是十人之一，否则就不是我了解的他。”

“我不太熟悉罗宾汉的故事，”米罗低声对罗莎说，“警长是反派，对吧？”

“哦，是的，”罗莎说，“一点没错，罗宾汉的死敌。但罗宾汉总能赢过他，他今天将再次证明这一点。”

“所以，罗宾汉是弓箭手之一咯？”

“是的，”罗莎说，“不过从这里看不出哪个是他，他们看起来都差不多，不是吗？除了衣服的颜色不一样。”

确实如罗莎所说，弓箭手都是介于二十岁到四十岁之间的男性，几乎所有人都留着胡须和长发。他们一个接一个走上前射箭，箭矢在空中呼啸而过，很多都精准地射中场地另一端的靶子，米罗不由得惊叹他们精湛的技艺。决出优胜者后，其余人散入了人群中。有六个人正向人群示意，因为人们正欣喜地呼唤着他们的名字。米罗试图听清楚他们的名字，他觉得那些奇特的读音很好玩。在此起彼伏的叫喊声中，他听见有叫云端射手休伯特的，还有迪肯·克鲁克香克。

“但哪一个是罗宾汉呢？”阿莱西娅问罗莎，他们仍然躲在长椅后，试图在人群中寻找莉娜的身影，因为他们知道，如果她真是来拿那支箭的，她一定会待在比赛场地附近。

“你查一下书，米罗，”罗莎说，“能找到他吗？我记不清细节了，不过他穿戴了某件很显眼的东西，所以他应该是那个戴着眼罩的人，或者是那个蓝衣服的高个子。”

“现在你可在十人中看到罗宾汉？”警长悄声对他的男仆说。

“没有看到，尊敬的长官，”那人紧张地答道，“其中六人我很熟悉。至于那两个约克郡的自耕农，一个太高，一个太矮，都不像那个无耻刁民。罗宾汉的胡须是金黄色的，而那边那个穿深红色衣服的衣衫褴褛的乞丐，胡须是棕色的，还瞎了一只眼。至于那个穿蓝衣服的陌生人，我想罗宾汉的肩膀比他要宽三英寸。”

警长不满地哼了一声，烦躁地拍着自己的腿。

“那刁民就是个懦夫、盗贼，”他说道，“不敢在这些好汉中展露真实面目。”

“我觉得吧，”罗莎低声咕哝道，“今天可远不止这一个盗贼。”

26

原则，而不是实践

进入第二轮比赛的十个人又射击了两次，只剩下成绩最好的三人还留在绿茵地上，享受着人们狂热的欢呼。他们分别是戴眼罩的人，被人们叫作红帽子吉尔的人，还有来自塔姆沃思镇的山谷射手亚当。他们能听到很多人在喊吉尔和亚当的名字，却没有人呼喊剩下那个人。

“我想我们有答案了。”阿莱西娅说着指向那个戴着眼罩、衣衫褴褛的人。

米罗点点头。他一直在读后面的章节，想要加以确认，可是书中的文字都是古语，又很繁复，而故事里那些穿着天鹅绒、羽毛衣服的上等人士，技艺精湛的弓箭手，还有乔装打扮的英雄，就在他眼前鲜活地上演着，这总让他无法专心看书。他们现在无法偷偷来回走动，因为已经到了三个人的最终比赛，人们都安静下来，屏息凝神，只偶尔有婴儿发出怪异的哭声，或有人喊出某一位参赛者的名字。吉尔第一个走上前来。

“在有人赢得那支箭之前，莉娜是无法采取行动的，”罗莎说，

“它必须得先被偷，记得吗？它现在仍然属于警长。我也不想再书行到后面的章节去，万一找不到正确的情节就白费功夫了。所以我们就尽情享受观看比赛的乐趣吧，应该很快就结束了。”

只见吉尔拉出一支缀有宽羽毛的箭，很仔细地拉开他的弓，那支箭在空中飞过，射在靶子上，离靶心只有毫厘之差。

“在我看来，”警长欢呼道，“这一箭实在绝妙！”

接着戴眼罩的人走上前，准备射箭，两边的人群都发出一阵不怀好意的嗤笑声。他看起来蓬头垢面，衣服满是脏污，人们显然很怀疑他的准头，尽管他们亲眼看着他走到了决赛。走到标记处后仅片刻，他就很快拉弓射箭，可他的箭却比吉尔的箭更接近靶心。靶子上的两支箭靠得那么近，以至于它们的箭羽都缠在了一起。

亚当最后走上前射箭，他的箭也射在了靶心附近，与前两支箭挨在一起。米罗看不出谁的箭更胜一筹。三人又射了第二箭，这下局势很明朗了，虽然三人都是技艺高超的弓箭手，但米罗知道罗宾汉总是稍胜一筹。他们只剩下最后一次机会了，吉尔又一次射出了漂亮笔直的一箭，但还是没有赢过罗宾汉，他的箭正中靶心。亚当看了一眼后就摇了摇头。

“我今天不再射了，”他说着解下了自己的弓，“没有人能胜过这位无名人士，不论他是谁。”他朝罗宾汉鞠了一躬，离开了赛场。

就这样，最后的优胜者产生了，站在这位无名人士一侧的人群突然爆发出欢呼声。警长叹了口气，艰难地站了起来，向那个人走去。

“好汉，”他说，“奖赏拿去，你赢得正大光明，我向你致敬。敢问好汉名讳，来自何方？”

“人们都叫我特维奥代尔大兵，我正是来自那里。”乔装打扮的罗宾汉说。

“那么，以圣母之名义，大兵，你是我所见过的最好的弓箭手。如果你有意加入我的队伍，我将赐你锦衣华服，远好于你的破衣烂衫；你会吃到最上等的美味佳肴，每逢圣诞季，你将获得八十马克的酬劳。我认为你比那个懦夫刁民罗宾汉的箭法还好，他今天甚至不敢露面。那么，好汉，你愿意加入我的队伍吗？”

“不，我不愿意，”罗宾汉答道，米罗从他的声音里听出了怒意，“我是我自己的主人，英格兰的沃土之上无人可以成为我的主人。”

“那么滚开，”警长叫道，他的声音因为盛怒而发抖，“我发誓，你的无礼让我非常想揍你一顿。”他说完便转过身去，大步离开。

“快，我们要跟上罗宾汉。”米罗读着后面的情节说道。他们三个从长椅后面溜了出来，混在那些离场的上等人士中间。警长明显不悦后，那些上等人士为了谄媚于他，就跟着迅速离场了。穷人们也陆续离场，不过米罗很肯定自己听到了有人学着罗宾汉的话喊道，要成为自己的主人。他们三个急忙追赶罗宾汉，他正大步流星地走进舍伍德森林的边缘。

“我们要是直接从这里书行进来就好了，”阿莱西娅抱怨道，“他走得太快了。我的脚踝又开始疼了。”但她的声音太大，听到她的抱怨后，连罗宾汉都猛地转过身。

“谁人在那里？”罗宾汉叫道，“我警告你们三个懦夫，不要惹我。”

“我们不会……惹你。”米罗尴尬地说。

“我们也不是懦夫，”阿莱西娅呛声道，“我们只想要那支箭。”

“不行，鬼鬼祟祟的朋友，”罗宾看清楚他的尾随者后笑道，“哈，原来只是两个孩子和一个女仆。”

“你这话是什么意思？”阿莱西娅说，“你觉得我们打不过你？”

“天哪，阿莱西娅，”罗莎说道，此时罗宾汉正放声大笑，“先生，我们不是来打架的，但是我们确实想问您要那支箭。”

“你们为何需要它？”罗宾汉说，“我靠自己的智慧和计谋赢得了比赛，我想要给我的朋友们一个惊喜。他们会欢呼雀跃、喜笑颜开，创作诗歌来歌颂我的智慧和慷慨！”

“你不打算把它送给穷人吗？”米罗问道，罗宾汉的行为举止让他有些不安，“或者卖掉它，把得来的钱给需要的穷人？”

“开什么玩笑！”罗宾汉说，“也许会，但话又说回来，也许不会！我给我的快活兄弟们——还有玛丽安——讲了这个精彩的故事后，我想我要用它来嘲弄警长。如果他不知道是我耍了他，那我还有什么乐子呢。”

“你不是一直想帮助穷人吗？”米罗困惑地问道。

“啊，是的，”罗宾汉挺起胸膛说，“但是孩子，在这世上我们比你经历得更多，这些事情我们更懂。要把它当作原则，而不是实践。它是支撑我们行动的精神。不要误会我的意思，我们确实帮助有困难的人，但我们也帮助自己，这多么快活！”

“所以，你更想从富人那里偷东西，”阿莱西娅把双手背在身后说道，“但没那么想接济穷人。”

“你有什么资格来对我品头论足，小孩？”罗宾汉噘起嘴说道，“你们不来见见我的快活兄弟们吗？他们听到我舍伍德森林的罗宾汉是如何又一次赢过了警长时，一定会兴高采烈。我想把一个纸卷绑在箭头上，然后把它射进警长的窗户。我会写……会写……好吧，我得想一下，我一定会想出几句漂亮话来。”

“我们非常需要那支箭，”罗莎说，“它可以帮助我们挽救至亲之人的生命。”

罗宾汉听了停顿了一下：“它可以救别人的命？”

米罗点了点头。

“你们刚才为什么不告诉我？”罗宾说，“我会帮助你们的。但我必须先把我的故事告诉我的朋友们，然后我必须向警长射箭，再把它从他那里骗过来。之后你们就可以拿走它了，我亲爱的朋友。”他对他们微笑，仿佛他帮了他们一个大忙。

米罗有些绝望地看向罗莎：他们无法从罗宾汉手中将箭抢走，尽管阿莱西娅看起来已经做好了打斗的准备。

“我们先让他去吧。”罗莎说。她向罗宾汉行了一个屈膝礼，罗宾汉对她眨了眨眼，然后蹦跳着走进了森林。

“你就这么让他走了！”阿莱西娅失望地说，“我可以拿到的，我发誓！”

“咱们以后再来操心他的事吧，”罗莎说，“记住，咱们是真的在争分夺秒，得先找到莉娜，再回来拿箭。我以为她也会来这里找那支箭，但到现在还没看到她。我可不想在去佩吉斯书店的时候把她留在这里。书里能看到她的踪迹吗，米罗？”

米罗打开书，翻到他们所在的章节的结尾，那里讲到罗宾汉去见了他的朋友们，他夸张地讲述了自己如何在射箭比赛上大获全胜，之后他们便大快朵颐，沉浸在欢声笑语之中。显然，罗宾汉似乎并没有用那支箭帮助除他自己之外的任何人。

“我当初浏览这本书时，确实认为接济穷人方面的描述比我预想的要少，”阿莱西娅说，“罗莎也注意到了——咱们还不需要这么赶时间的时候，有想过尝试另外一个故事，在那个故事里，他从几个乞丐那里拿走了一些钱，因为他认为乞丐的钱太多了。不过我感觉这听起来也有些勉强。也许在一些更现代的版本里，他会更善良一点，更愿意接济别人。咱们应该看看佩吉斯书店是否有更近一些的版本。不过我发誓，如果给我多一点时间，我一定可以拿到那支箭。”她若有所思地盯着罗宾汉的背影。

“我找到莉娜了！”米罗大喊道，他注意到页面上出现一个波纹。在罗宾汉吹嘘自己胜利的那段话中，有句文字在移动，那里提到一个女人正赞美罗宾汉，但突然间又不动了。

“她没了，”他说，“她从书上消失了。”

“我没走远！且找得到回去的路，”一个声音从他们身后传来，三人转过身，看到莉娜一瘸一拐地穿过树林，手里拿着一支金箭。

27

很多人都承诺过从未兑现的东西

“你到底在想什么?”罗莎懊恼地说着冲向莉娜。

“我找到了你们需要的成分，你们都不好好感谢我吗?”她疲惫得喘着气说道。

“你到底为什么要自己去？你打算怎么穿回去呢?”罗莎扶住莉娜的胳膊，并没理会莉娜的话。

“我不是有意丢下那本书的，”莉娜说，她显然对此感到有些尴尬，“但是我到了这里后，除了希望你们能注意到，也做不了什么——看，你们的确注意到了。不然的话，嗯，我想我可能会加入罗宾汉的快活兄弟团，从一个树屋换到另一个树屋。我可经历过比这更糟心的事。”

米罗什么也没说，因为他意识到了一件不太妙的事情。

“你是什么时候拿到箭的?”他问莉娜。

“刚刚。”她答道。

“但我们和罗宾汉谈过，他不打算用这支箭来为有困难的人筹钱，他只想用它来赢过警长。我——老实说，我不认为它算是正当盗取的东西，这就是普通的盗窃！而且我们剩下的时间可能来不及再找一件符合要求的东西了。”

“时间还很充裕，”莉娜反驳道，“这不是我的错，是你没读对这个故事，罗莎。”

“我不想浪费口舌和你争论这一点，”罗莎小心地说，“而且我们的时间并不充裕。杰罗尼莫给蒂莉寄去了一个倒计时钟和一封最后通牒——要是你老实待在房间里等着米罗告诉你，而不是跑到这里来闲逛，你可能已经知道了。”

米罗努力控制住自己失望的情绪——他的奶奶如此鲁莽，罗宾汉也并不是一个真正的英雄，那支箭也不能用来制作解药，这一切都让他感到失望。

“一定还有别的故事可以用，”他说，“否则为什么罗宾汉会有这样的名声呢？阿莱西娅，你读一读他们说要帮助别人的地方。”

“我想那是形式大于实质，”阿莱西娅说，“很多人都承诺过很多他们从未兑现的东西。”

“而且人们都想要有好的形象，”罗莎补充道，“他们往往有崇高的理想，最终却很难坚持下去。”

“只是……这还不够好！”米罗沮丧的情绪终于爆发了，“我们必须再试一次！”

“再试一次什么？”阿莱西娅疑惑地问道。

“再试试让罗宾汉做正确的事情，”米罗答道，“咱们还有时间。”

“我不确定是否有时间，”罗莎说，“就算有，也得先把莉娜带回去。也许阿莱西娅可以守着她。”

“不行，”阿莱西娅说，“米罗做什么，我就要做什么。”

“我——”莉娜刚要说话，就被罗莎打断了。

“你惹的麻烦已经够多了，”罗莎说，“我们先回到树屋，再决定下一步行动吧。我认为我们都留在这里是不明智的。”

“好吧。”米罗说，他开始读书里的最后一句话，准备带大家穿回树屋。

现在，亲爱的朋友，我们必须分别，因为我们快乐的旅程已经结束，在这里，罗宾汉的坟墓前，我们转身各奔东西。

28

从头开始

当树屋熟悉的木墙重新出现在他们周围时，米罗才意识到最后一句话提到了“罗宾汉的坟墓”。他转向阿莱西娅、罗莎和莉娜。

“很遗憾，书的结尾是罗宾汉死了？真悲伤。”米罗感叹道，想着他们刚刚才遇到那个有传奇色彩的人。

“听起来是的，”阿莱西娅一如既往不动声色地说，“他毕竟只是一个人，他也不会魔法什么的。”

“书本有个特点，”莉娜平静地补充道，“书中没有人会真正死去，因为你总是可以从头开始。只要罗宾汉还在这些故事中，他就永远不会真正死去。要是现实生活也这样该多好。”

米罗惊讶地看着奶奶。莉娜迅速擦了擦眼睛，不想让他们看到自己的情绪。

“等等，”他说，“你说得对。我们忘记了一个非常简单的书行原理。你刚刚提醒了我——**总是可以从头开始！**我们可以再试一次，这次不会弄错。”他看着罗莎的眼睛。

“我要回到书里，去拿那支箭或者找到别的什么东西，”他说，

"一定有用得上的东西。咱们必须做好解药，何况还有时间。咱们可以选一个不一样的时间点——上次进得太早了。等罗宾汉回到树林里他的手下身边，咱们得和他谈谈。"

"这不安全，"罗莎说，"你在这里有我照看；我不希望你自己去，这样我帮不上忙。而且你知道的，书中的时间无法预测。"

"我非常感谢你为我们所做的一切，"米罗说，他试图让自己的语调更坚定些，"但是我们要救的是我的叔叔，我们要阻止的是阿莱西娅的爸爸。你看，我们书行进去几乎没花费多少时间——只用了几分钟！"

"他说得对，"莉娜说，"我进早了。我想稍后的情节里成功的概率会大一些。"

"你刚才是承认自己做错了吗？"罗莎大吃一惊地问道。

"不算错，"莉娜咧嘴笑道，"不过也许我本可以处理得更好。如果米罗想去，你应该让他试试。我想他骨子里和他的奶奶一样固执。"

罗莎点头表示接受。

"我不会阻止你，米罗，"她说，"这是你的决定。请注意安全，抓紧时间。我会把一切都准备妥当，等你回来我们就可以直接出发了。给，你会用到这个的。"罗莎把她的背包递给他，里面装着提炼想象力的工具。米罗本以为他的计划不会那么轻易被接受，一个成年人就这样让他自己做决定，让他有些不知所措。

"好，"他最终开口道，一边小心地背上背包，"呃，谢谢。阿莱西娅，你来吗？"

“那还用说。”她挽住他的胳膊。这一次，米罗直接书行到罗宾汉凯旋后在众人面前露面的那棵树那里。

就在当天，舍伍德森林深处那棵雄伟的绿木树周围聚集了一群形形色色的人。有二十几个赤脚修士，还有一些似乎是修补匠，以及看起来像健壮的乞丐和村夫的人。一张长满青苔的沙发上坐了一个身穿破烂的深红色衣服的人，他的一只眼睛上戴着眼罩，手里拿着一支金箭，就是那场盛大的射击比赛的奖品。

29

更有革命性一些

当米罗和阿莱西娅出现在一群乌合之众当中，这意味着他们的现代装束并没太引人注目。所有人的目光都集中在赢得射击比赛的红衣男子身上，米罗和阿莱西娅知道那人就是罗宾汉。他拍了拍手，站了起来，为了把戏剧效果拉满，他缓慢地把眼罩从眼睛上取下来，脱下他身上穿得破破烂烂的红色衣服，露出里面那件剪裁精美的绿色衣服。

“这些东西很容易拿掉，”他嬉皮笑脸地说，“不过核桃汁可不容易从黄头发上洗掉。”

“我不得不承认，这招很聪明。”阿莱西娅对米罗说。

“不是在头发上用几个核桃擦一擦就能成为英雄。”米罗反驳道，他依然对罗宾汉没任何好感。

“我可没这么说！”阿莱西娅小声说，“我只是很佩服他的聪明才智。”

“好吧，”米罗说，“我现在对成年人很失望。

我可不想再多一个让我失望的人。”

阿莱西娅大笑起来。“我喜欢这个新的米罗。”她说。

“你什么意思?”

“坚持自我，做你认为正确的事情，而不是被罗宾汉牵着鼻子走，”阿莱西娅说，“我喜欢。”

“你是说罗宾汉和他花哨的核桃色胡子还有绿色衣服?”米罗说道，他用手肘戳了一下她的肋骨嘲弄她。

“嘿!”她笑着叫道，“他可能是有点荒唐，但我是真的想在头发上抹点核桃汁，看看会发生什么。”

他们捂着嘴咯咯地笑了起来，笑声淹没在人群的喧哗声中，人们正在为罗宾汉骗到了警长而欢呼。罗宾汉四处走动，炫耀着他的弓箭，与此同时，人们开始在森林里准备盛大的庆祝宴会。长桌摆了出来，还有用锯掉的树干做成的凳子。人们从隐蔽的厨房里端出了一堆堆食物，空地的烤架上还烤着一只相当大的猪。碗里盛着各种蔬菜:土豆、胡萝卜、大头菜和闻起来像迷迭香的东西一起烤制。巨大的面包用粗犷的刀法胡乱切成片。还有热气腾腾的大馅饼、金色的糕点、整条烤鱼和一大桶浓稠的、黑乎乎的炖菜。所有食物闻起来都相当诱人，如果有时间的话，米罗一定会坐下来大快朵颐，即便他才刚吃过早餐。

“我想咱们得吃点。”阿莱西娅说道，她盯着那些食物，仿佛被下了蛊。

“没时间了，”米罗说，“而且咱们刚吃过饭。”

“我实在无法拒绝那个馅饼，”阿莱西娅说，“我认为咱们最好巧妙地办这件事——说服罗宾汉这是正确的做法。我不认为他真的是一个坏人，他似乎至少认可慈善的精神，哪怕他实际上做得并不够好。我们得机灵点——看好了。”

阿莱西娅站起来走到桌子旁，给自己切了很大一块馅饼，然后坐到一个身材壮实的男人旁边。那人穿着粗粝的棕色长袍，腰间系着一根绳子，脖子上挂着一个十字架。米罗走到他们身后坐下，这样就能听到他们说话。他走过去时顺带拿了一盘烤蔬菜和炖菜，实在没理由浪费这场森林盛宴。

“你好，神父，”阿莱西娅对那人说，“您是塔克修士，对吗？”

“啊，是的，”那人高兴地说，“但我不认识你，你看起来不像这里的人。”

“我是罗宾汉的朋友，”阿莱西娅很自然地说，“我在射击比赛上暗中观察，从他的射击方式就能认得出他。”

“那你真是个聪明的姑娘，”塔克修士说，“因为他骗过了其他所有人。我真希望能看到他是怎么天衣无缝地骗过警长的，不过我敢肯定，罗宾汉一定有办法让警长意识到自己有多么愚蠢。”

“我听说他对于那支箭有一些愚蠢的计划，”阿莱西娅边吃边说，做出很随意和放松的样子，“我必须承认，我有些失望。”

“为什么你会这样说？”塔克一脸震惊地说道。

“我以为我们的宗旨是接济穷人，”阿莱西娅说，“你知道的，劫富济贫。”

“这口号是挺好听的。”塔克说，“确实，我们的队伍也确实发誓要帮助那些有困难的人，但还没有太多机会。我们仍然要先聚集起来，然后弄清楚我们的目的。我很肯定我们一定会把目光转向慈善事业。而且我们已经帮助了那些需要帮助的人——这一点，罗宾汉已经做了很多。”

“他有吗？”阿莱西娅问道。

“罗宾汉说过，当我们发现不公正的情形时，要把财富分成三份：三分之一让富人保留，三分之一捐赠给穷人，三分之一自己拿走，”塔克说，“我们也要吃饱穿暖。”

“所以，财富并没有真正被偷走，对吗？”阿莱西娅问道，“如果富人可以保留一部分的话。”

“这个问题很特别，”塔克答道，“不过确实不是，那不是偷的。罗宾汉是最有说服力的，但他仍然很尊重教会和贵族，他不会让他们陷入贫困。他只是鼓励他们多帮助有困难的人。”

“老实说，我认为你们可以更有革命性一些，”阿莱西娅煞有介事地说，“财富再分配的原则很不错，但在我看来，需要更进一步才能产生真正的影响。”

“我想总有更多的事情可以做。”塔克说，他显然对阿莱西娅的态度有些不安。

“我的意思是，”她嘴里全是馅饼，继续说道，“难道你不认为把箭给那些需要的人是一件很伟大又高尚的事情吗？警长一定听说了他的奖品被捐给别人，他如果知道是罗宾汉赢得了奖品且把它送给别人，一定会暴怒。”

“你是个慷慨的家伙，”塔克说，“你这话善良又睿智。但怎么做需要由罗宾汉来决定。”

“但我听说你也很善良和睿智，”阿莱西娅说，“而且也很有说服力。你是‘团队的道德核心’，我在营地里听到人们这么说，他们说比起其他人，罗宾汉更愿意听你的话，他最看重你的判断力。我相信他应该很乐意知道你对这些事情的看法。”

塔克听了这话，高兴得涨红了脸。

“哎，看，罗宾汉站起来了，”他说，“让我们听听他的想法。”

30

初稿已经很好了

罗宾汉确实站了起来，他清了清喉咙，示意大家注意。

“我的朋友们，”他喊道，“今天的宴席多么丰盛！大家多么快活！但我内心很苦恼，因为我今天听到警长说，‘你比那个懦夫刁民罗宾汉的箭法好，他今天甚至不敢露面’。我会让他知道是谁从他手中赢得了金箭，我也不是他认为的懦夫！”

另一个人站起来开口说话。“尊敬的首领，”他说，“让我小约翰还有威尔·斯图特利来吧，我们会用意想不到的方式告诉他这个消息！”

“快请详细说说。”罗宾汉开心地拍着手说道。

“我们会在纸卷上写下嘲讽他的话，把它系在你偷来的那支箭上，”小约翰说道，“趁他吃晚饭的时候从他的窗户射进去！”

“真有趣！”罗宾汉说，“等等，我的灵感这就来了！”他爬上他的凳子，伸出一只胳膊说道：

现在上天保佑你今日的恩典

降临在美好的舍伍德
因为你确实把奖赏给了
快活的罗宾汉！

他停下来等待掌声，最终，小约翰领着大家鼓起了掌。

“有点尴尬，你不觉得吗？”阿莱西娅低声对塔克说。

“确实，我听过更热烈的。”塔克承认。

“如果把这个送进警长的窗户，也许大家都会很尴尬吧？”她继续说道。

“不会，孩子，”塔克否认道，“这是为了找乐子。让警长知道他不是懦夫，对于罗宾汉而言是极大的乐趣。”

“但是想想那支箭能为那些困难的人带来什么，”阿莱西娅继续劝说他，“你可以选择把一首糟糕的诗送进那家伙的窗户，也可以选择不辜负你的声誉和原则。你显然是一个有信仰的人。”她把一只手搭在塔克的胳膊上，笃定地看着他的眼睛，“我想我知道上帝会如何引领你。”

听到这儿，塔克站了起来，他挥手向罗宾汉示意。

“罗宾汉，”他说，“你是我们当中最勇敢、最率真之人。我想了一下，也许我们可以趁此机会摆出更高的姿态，而且——”他转向阿莱西娅以回想她的话，“不辜负我们的声誉和原则。”他继续道，“勇敢的罗宾汉不仅从他眼皮底下偷走了他的奖品，而且还用它帮助了那些警长不管不顾的贫困人民，对于警长而言，还有什么比这更可耻呢？”

“好吧，说下去，你有什么提议？”罗宾汉不耐烦地说道。

“我们卖掉金箭，把钱分给穷人。”

众人沉默了片刻，随后开始小声议论，接着所有人的头都转向罗宾汉，等着看他的反应。

“嗯，”他说，“一个高尚的想法，塔克，你知道我乐于助人，大家都这么认为。但让警长知道我不是懦夫，这一点似乎很重要。”

“我敢肯定你可以想出一个更好玩的方法来让他知道这回事！”塔克说，“也许，我们实施这个计划时，可以重新写一首诗。你的初稿已经很好了，但我相信你还能想出更睿智的话语。”

“我明白你的意思，”罗宾汉坐立不安地说，“我知道这里的许多人都迫切地想知道我的决定。”

米罗觉得他俨然一副遮遮掩掩的样子，仿佛很后悔在众人面前公开进行这场对话。

“劫富济贫！”一个听起来明显像阿莱西娅的声音叫道。

“对，对！”米罗喊道，很快，在场的每个人都向罗宾汉喊出同样的口号，他别无他法，只好装作这也是他一直以来的追求。

“没错！劫富济贫！”罗宾汉大声道，“我一直以来都是这样说的！塔克，你现在就把这支箭拿走，用它帮助有困难的人。我和小约翰商量怎么让警长知道今天发生的事情。快，现在就把它拿走！”

塔克急忙上前，拿走了那支箭，蓦然发现米罗和阿莱西娅已经来到他身边。

“干得好，神父，”阿莱西娅说着，热情地拍了拍他的后背，把他吓了一跳，“多么振奋人心的演讲，多么令人信服的雄辩！现在你何不来一大杯麦芽酒，庆祝这精彩的发言？让我们去把这支箭放好，这样你可以好好享受宴席。”

对于阿莱西娅的话，塔克修士显然还没反应过来，他完全被这个突然冒出来并且自如地和他交谈的孩子搞蒙了，现在他手里还拿着罗宾汉的箭。他呆滞地把箭递给阿莱西娅，她随即行了个屈膝礼。

“见到您真是太荣幸了，神父。”她说道，还没等修士反应过来，她就拉着米罗走了。

“太厉害了，”米罗钦佩地说，他们跌跌撞撞地穿过树林，离开了宴会。

“是挺顺利的，对不对？”她的脸因为高兴而涨得通红，“现在我希望知道怎么用罗莎的工具——咱们需要尽快把这支箭提炼出来，然后回到树屋。我得再涂点她的药膏，我的脚踝有些痛。”

他们在树丛中找到一处隐蔽安静的地点后，米罗卸下了罗莎的背包，小心地取出烛台和盘子，在草地上摆好。他用包里的火柴顺利地点着了火，并从小瓶子里挑了一枝迷迭香，轻轻把它放在碗里，和那支箭挨在一起，箭太长了，放不进去，只能架在碗沿儿上。

“这样会搞很久吧！”阿莱西娅担心地说道。

米罗只好把箭拿起来，放在地上的一块石头上，然后狠狠地踩箭羽。令他庆幸的是，最细的地方很容易就折断了，这样他就可以把金羽毛和迷迭香一起放进盘中。不一会儿，迷迭香就开始释放出香气，箭开始闪出火花。

“这下可以了。”米罗说着又加了把火。

“谢天谢地，起作用了。”阿莱西娅边说边跳着脚往树林外望去，窥探罗宾汉或者塔克修士有没有往这边看。

“快了，快了！”米罗边说边准备好空瓶子。终于，那支箭熔解成了一团纯粹的书魔法。米罗以最快的速度将提炼物倒入瓶中，用力塞住瓶盖。他把烧焦的迷迭香扔到树丛里，把工具装好，对阿莱西娅竖起了大拇指。

就在这时，从空地的方向传来了一个声音。“那个谁！你见过两个孩子拿着一支箭吗？他们是往这边去了吗？”塔克修士从灌木丛里冒出来，用最恶劣的语言咒骂着，米罗和阿莱西娅惊恐地望向彼此。

“就是现在！”米罗说。

阿莱西娅已经翻到了最后一页，她抓住米罗的胳膊，读着文字，送他们回树屋。

现在，亲爱的朋友，我们必须分别，因为我们快乐的旅程已经结束……

31

没有这种可能

当树屋浮现，米罗和阿莱西娅同时松了一口气。

“我们做到了！”米罗开心地叫道，“这主要是靠你，真的。咦，罗莎和莉娜去哪儿了？我们不可能离开很久啊。”

“我想罗莎正在温室里做准备吧？”阿莱西娅说。

“我还挺庆幸错过了她俩的谈话，她们一定在说莉娜擅自书行进《罗宾汉》的事情。”米罗坦承道。

“不过听听也挺有意思的，”阿莱西娅耸了耸肩，“说不定能学到一些有用的东西。咱们去找罗莎吧。”

罗莎确实在温室里，她正在收拾他们已经拿到的成分的瓶子，看上去忧心忡忡。

“你们回来了，”她如释重负地说道，“我想我们应该带上这些，以防万一。拿到了吗？别担心，如果没拿到也没——”

“我们拿到了，”米罗宣布，“阿莱西娅真是太棒了——她成功地说服了罗宾汉这支箭应该用于做慈善，然后又通过塔克修士把箭给我们。”

“听起来相当精彩，”罗莎说，阿莱西娅微微鞠了一躬，这让罗莎担忧的表情一扫而光，露出了笑容，“好的，伙伴们，咱们进展不错。除了遗失物管理处那个，咱们已经拿到了其余所有成分，这就去拿最后一个。然后就只剩记录簿的问题了，不过我认为咱们和佩吉斯一家一起，是能够解决这个问题的。你们现在可以走吗？还需要吃点东西吗？”

“我们刚吃过，”米罗说，“又吃了一顿。那里有个宴席。”

“吃宴席可是计划里很关键的一部分呢。”阿莱西娅说。

“当然，”罗莎咧嘴一笑，“好了，咱们去长词号？”

“把莉娜留在这里吗？”米罗试探性地问道。

“没法带她一起去，”罗莎说，“她上次回来已经累得不行，而且我真的觉得，让她上长词号恐怕不太明智。”

“你怀疑她想要把长词号偷走？”米罗伤心地问。

“有这种可能性，”罗莎答道，“好了，我不得不说，尽管有这么多事要做，我还是非常期待第一次登上长词号去旅行。咱们收拾好东西就出发吧。”

米罗和阿莱西娅回到他们的卧房，拿了几样随身携带的东西，罗莎则去清点他们目前已经收集的成分，以及阿莱西娅的脚踝需要的药膏和纱布。

“我真希望我们能在这里再待久一点。”米罗一边把他的东西塞进背包一边说。

“也许一切都结束后我们可以再回来，”阿莱西娅答道，“但愿如此。”

他们三人背上各自的背包，下楼到树屋的最底层，穿过树林，来到长词号藏身的湖边。

“这么说，你从来没有坐过她？”阿莱西娅惊讶地问罗莎。

“没有。”罗莎回答，“今天是我第一次登上她。我承认，我对于离开树屋非常谨慎，只会偶尔书行或者去杂货店——在莉娜来之前也是这样。霍拉旭和我建立了合作关系后，我也不太放心坐他驾驶的长词号。米罗，现在司机是你，我会觉得比较安全。”

三人上车后，米罗掏出了司机口哨，想象着佩吉斯书店的大厅，把它牢牢地印在脑海中，然后他吹起了口哨，感到长词号回应了他的指令。这段旅程即使坐普通火车也不远，乘坐长词号就更快了。米罗很确信长词号的引擎里有充足的书魔法，但他还是想要确认一下，尤其这是罗莎第一次乘坐长词号。他不想辜负她对他作为司机的信任。

“我很乐意看看长词号是怎么运作的。”在米罗说自己只是去检查一下燃料时，罗莎说道。于是他们三人便跨过车厢之间的缝隙，挤进了引擎室。

罗莎入迷地看着米罗拿了一些装满了想象力的木球，把它们滚进发动机里，木球开始在里面燃烧，闪出火光。

“这和你把书里的东西变成纯粹的想象力的过程很像啊！”阿莱

西娅指出。

“我想过程的本质是一样的，”罗莎答道，“但是我很好奇：你们是怎么把想象力装进球里的呢?”

“很简单，”米罗说，“正好燃料有点不足了，你愿意的话可以来帮忙。霍拉旭以前就是这样向长词号的乘客收钱的。”

“这就是我不愿意上车的另一个原因。”罗莎说。

“你不想付钱?”阿莱西娅好奇地问。

“不是不想付钱——我是拿不准霍拉旭会用什么方法获取人们的思想和想象。”

“但是想象力是源源不断的。”米罗指出。

“确实，”罗莎说，“可是我很保护自己的想法，我也从不信任你的叔叔，我想这点对你来说不会很冒犯或者意外吧，米罗。”

“但是你可以信任我，我保证。”米罗说。

“我知道，”罗莎笑道，“如果你确认这很安全，也不会擅自取走任何我的其他东西，那就请便吧。”

“我们马上就可以用，”米罗说，“你的想象会直接进入引擎。然后你就会知道，霍拉旭不能对装满你思想的木球做什么。”

“听起来很不错，”罗莎说，“拭目以待!”

“太好了，”米罗咧嘴一笑，领着她们回到办公室，取出一个用普通的木制空球，“霍拉旭会记录每一位长词号的乘客，确保他们付了钱。不过这点我们先不提。”

“谢谢。”罗莎说着，坐到米罗指给她的一把椅子上。他从他叔叔的办公桌里拿出一个装满黑沙的沙漏，放在桌上，这样大家就都能看得到。

“好，其实过程非常简单，”米罗说着把木球递给罗莎，“你拿好它，随便想象些什么，好了之后沙漏就会——咦，好奇怪，”他正看着沙漏给罗莎展示，但沙子已经全部漏到底部了，“我一定是拿反了。”米罗重新把沙漏拿起来，掉了个个儿，但是沙子又立马到了底部，仿佛是从一个很宽的槽漏下来的，而不是玻璃上的那个小细孔。他甚至不知道沙子漏得这么快是什么物理原理。在罗莎和阿莱西娅面前出了岔子，让他感到慌乱和难为情。

“抱歉，”他说，“这沙漏一定是坏了。”

“呃，我不觉得是这个原因，”阿莱西娅凑近看了看说道，“我想是因为罗莎。我不是说罗莎‘坏’掉了，而是她充木球的速度非常非常快。”阿莱西娅拿起一个新的木球，“来吧，我一把球递给她，你就马上把沙漏翻过来。”米罗照做。果然，罗莎的手指一碰到木球，沙子就唰的一下全部掉到另一边。

罗莎有些不好意思。

“哇，”米罗惊奇地看着沙漏，“我从没见过它漏得这么快，即使是阿尔忒弥斯这样的人也做不到。”

“我确实花很多时间，应该说是所有时间，研究想象力，”罗莎说，“而且我……在某些方面受到保护，我想这些都会让这个球充得很快吧。”

“我能问你一个冒昧的问题吗？”阿莱西娅说。

“你当然可以问，”罗莎说，“只要是我能回答的，知无不言。”

“你今年多大呀？”阿莱西娅说，“你提到受保护、借助魔法之类的事情，你是和我父亲一样年纪吗？你看起来很年轻，但是有时又显得一点也不年轻，听你的口气，似乎已经在树屋住了很久。”

“我和你父亲不一样，我不像他那样研制或者服用任何神药之类的东西来延长生命。但你是对的，我的年龄增长不像你们俩的年龄增长那样简单。我的工作带给我的魔法确实有一些——额外的好处吧，可以这么说。但我保证，我并没有比看起来大很多。我从你这个年纪起就一直待在树屋，大约二十五岁时，我母亲、也就是《万书之书》的上一任守护者去世了，于是我就正式成为它的守护者。”

“她是怎么去世的呢？抱歉，我不是有意冒犯。我是说……是因为我父亲吗？”阿莱西娅问道，一脸破罐子破摔的表情。

“不是，别担心，”罗莎温和地说，“是自然死亡。千百年以来这本书一直是个秘密，你父亲花了上百年的时间才发现它的存在，又花了更多的时间才知道它的内容。传统的守护者并不是什么艰险的工作，而是更侧重于想象力和书行方面的研究。”

“所以，你真的是太不走运了。”阿莱西娅直白地说道。

“是的，你可以这么说，”罗莎说，“当然了，情况比我预想的要严峻，但是保护这本书是我的职责，也是我母亲教导我去做的事情。我有信心咱们可以阻止你父亲染指它。”

米罗瞥了一眼阿莱西娅，她看起来似乎没这么有信心。罗莎和米罗回到引擎室，米罗让罗莎把装满的木球滚进去，效果立竿见影。木球一燃烧就闪出书魔法的火花，长词号猛地向前冲去，罗莎和米罗不得不抓住离自己最近的固定物体才能站直。罗莎再次对自己想象力的力量感到有些难为情。

“哇，”米罗说，“我敢打赌，这下我们到佩吉斯书店的速度会非常非常……”他没有说下去，因为一片漆黑的故事开始出现亮光，“我想我们已经到了，”他惊讶地继续道，“你的书魔法一定非常厉害。”

罗莎只是笑了笑。

广阔无垠的故事空间逐渐消失，随后他们便开进了佩吉斯书店，长词号再次成功地停在了书架之间的隐蔽之处。然而，与他们上次来书店时不同，当时书店已经关门，空无一人。而现在正是上午，夏末的阳光从书店的窗户照进来。看来佩吉斯一家还没有关门离开。

经常光顾书店的人，往往有非常发达的想象力。

这意味着

一定有人察觉到

一列巨大的火车

停在了

书店中央。

32

一点惊扰

当听到几声尖叫时，米罗才意识到他们的到来并没有如预想的那样不被人察觉。

“这……听起来不妙啊，”阿莱西娅脸色煞白地说，“我父亲在这儿吗？”

罗莎看了看表。“现在才十一点，”她说，“我们还有七个小时。”

“可能你撞到人了。”阿莱西娅提醒米罗。

“他应该没有，”罗莎安慰道，随后停顿了一下，“我的意思是，咱们都没有在看路——是不是应该一直留在引擎室里？”

“不是的！”米罗否认道，说完他才意识到自己确实不知道霍拉旭是如何避免撞到人的。此前，他们到达目的地时，霍拉旭从没有留在引擎室里。“我想长词号知道如何不撞到人。不管怎样，我们得先确定是不是真的撞到人了，然后再去担心火车的机制是不是有问题。”他说着打开了车门，发现大约有二十个人正盯着他们。

他们满脸的困惑和惊恐，对这辆穿梭于书架里的火车感到震惊。更诡异的是，有几个人似乎看不到火车，但他们注意到其他的顾客正盯着什么东西。

“呃，你们好，”米罗说，“抱歉吓到你们了——有人受伤吗?”

无人应答，一个男人缓缓地摇了摇头，显然他对于面前的这一切还没反应过来。米罗怪自己为何没想到这一点。你当然不可能在大白天把长词号开进一家书店，还指望没人会注意到。他叔叔就不会干出这种事。沉默很快被阿奇·佩吉斯打破，他拨开盯着火车的人群，站在他们面前，双手背在身后。他扬了扬眉毛。

“啊，你好，佩吉斯先生，”米罗说，“很抱歉这样闯进来。我忘记了，书店里的人是很可能看到她的。”

“确实，”阿奇说，“佩吉斯书店的顾客具备高水平的想象力，我是可以打保票的。这通常是读者的一项优秀品质。但是，你让我们看到了它的潜在问题。”

“阿奇，这——这是怎么回事?”一位老妇人说道，她正抱着一摞摄政时代的言情小说，“店里为什么有火车?”

“店里没有火车啊，”一个男人困惑地说道，他惊恐地看着正盯着某处看的人们，随后迅速离开了佩吉斯书店。

“我……我不知道该怎么和你们说，”阿奇看着能看到长词号的人说道，“我的为难之处在于，只有真相能解释得通，但这真相你们不会相信的。如果我告诉你们，这是一列靠想象力运行的火车，它是穿过层层故事世界行驶到了这里的，你们会怎么想?”

“得了吧，阿奇。”一个男人说道，他手上正拿着最新的悬疑小说精装本。

“火车能在故事里行驶？！”一个小男孩说。他企图跑向长词号，但被他妈妈拽住了。

“确实可以，”阿奇说，“能看到它，说明你们心里至少有点相信不可能的事情会发生。不然你们说说看，一列火车怎么会出现在书店里，但没造成任何破坏呢？”没有人说话。

“也许小米罗能做点什么来证明一下？”

所有人都转头看向米罗，他感觉自己几乎要当场昏厥。

“比如说……？”他用求助的眼光看向阿奇。

“比如你也许可以想象一下去别的地方？”阿奇一字一句地说，“再很快回来，比如一个小时左右？毕竟，时间很关键，”他说着把头转向收银台，那里摆了一个巨大的金色时钟，“然后我们会更方便进行下一步？”他说。

“对，好的，当然，”米罗说，“很有道理。我们回去拿……我是说，是的，我们会很快回来，那时你们就准备好关店，然后……”

“你们要提前关门？”那位老妇人问道，“大家都还好吗？”

“不，不，我们都很好，”阿奇说，“只是计划略有改变，家里的事情，你知道的。”

“佩吉斯先生，你好，”罗莎说，“抱歉这样闯进来。我想知道店里有没有《绿野仙踪》这本书呢？”

“我们当然有，”阿奇说，“而且是没有被人篡改过的版本。”

“啊，那真是——”罗莎刚要说话就被那个小男孩打断了，他拉着阿奇的袖子问他关于火车的事情。“你可以帮我找一下吗？”罗莎继续道。

“可以等一下吗？”阿奇惊讶地说，“你们六点之前都会在这里吧？我希望如此。”

“是，是……呃，当然了，”罗莎说，“你先忙。再等一个小时也无妨。”

“太好了，”阿奇说，他正忙不迭地应付顾客们一连串的问题。

“蒂莉——”米罗刚开口就被阿奇打断了。

“蒂莉待会儿过来。”他不容置疑地说。

“哦哦，好的。”米罗说，他匆匆返回长词号，不知道要做什么。书店里的顾客们正在交谈，当他看到有人拿出手机并举起来好像要拍照时，才终于想起来要行动。“我们这就走了，抱歉惊扰了大家。我们会给你们展示火车是如何运作的，然后就不打扰大家了！”

他匆匆跑回引擎室，阿莱西娅紧跟在他身后，他很快吹响了口哨，尽可能准确而专注地想象着地下图书馆的样子。

幸好长词号仿佛感知到了他急迫的心情，仅仅几秒钟，在罗莎强大的想象力的驱动下，他们再次出发。

“哈，这可没按计划走啊！”阿莱西娅大笑道，她依然很淡定，似乎发生什么事她都不会慌，“你看到大家的表情了吗？真可惜，我们没接上蒂莉。”

“是你那样以为。”一个熟悉的声音说道，车厢尽头的门打开了，玛蒂尔达·佩吉斯和她最好的朋友奥斯卡·鲁克斯正站在那里。

33

书行勇者的故事

蒂莉和奥斯卡显然对自己相当满意。

“我们这偷偷上车的本事真是越来越溜了。”蒂莉说着，和奥斯卡击了个掌。

“你们是怎么上来的？”米罗惊讶地问道，“还有——”

“你是谁？”阿莱西娅打断他，她狐疑地看着奥斯卡。

“我是奥斯卡，”他答道，“蒂莉最好的朋友。你可能在书行勇者的故事里听说过我，比如《遗失的童话》《故事地图》？”

“这些我从没听说过，”阿莱西娅说，“但我确实记得蒂莉和米罗提过你，有他俩为你担保的话……你好，我是阿莱西娅，”她伸出一只手让奥斯卡握了握，“我是米罗最好的朋友。”她补充道。

人最珍贵的礼物往往是你自己都不知道自己想要，但结果却是你最需要的东西。阿莱西娅毫无炫耀之意地介绍自己是米罗最好的朋友，就给他这样的感觉。

“这位是罗莎，”米罗补充道，这样人就都介绍全了，“你们可能仍然把她想成植物学家。但我们现在完全了解她，会觉得这个头衔有点怪怪的，太隆重了。”

每个人都花了一些时间向不认识的人打招呼，米罗注意到蒂莉上下打量罗莎，似乎还在怀疑她是否值得信任。罗莎这会儿比平时话少，她只是在倾听、观察和思考。

“你们到底是怎么溜到长词号上来的？”趁着罗莎还没注意到她打量的目光，米罗连忙问蒂莉，“你没告诉你外公我们要来吗？”

“我说了，但他拒绝把所有人都赶出去，因为炼金术士提到会等我们到六点。外公说，他不会被一个威胁恐吓的自大狂吓到要扰乱佩吉斯书店。他在门上贴了个纸条，说我们中午要关门，外婆在收拾东西，也为带走霍拉旭做好准备——顺便说一下，他还是老样子，就一个失去意识的人而言他是安全的。话说回来，我们都以为你会出现得低调一点，然后帮我们做好准备。你应该把长词号开到顶楼去，那里很安静。”

“我怎么会知道？”米罗沮丧地说道。

“我不是要怪你！”蒂莉说，“是我的错，我应该想到这一点。在威尼斯的时候你和我说过，人们看不到他们想象不到的东西，但就像外公说的，书店里的人比较善于想象。”

“我也应该想到的，”米罗说，“霍拉旭跟我说过——他没讲太细，但是我知道长词号并不是简单地隐形。我在想你外公会怎么向大家解释。”

“鉴于他们刚刚亲眼看到我们离开，不管他说什么，他们都会相信吧？”奥斯卡指出。

“也许他们会忘掉这件事，”罗莎第一次开口说话，“那些有足够的想象力的人会相信一些事情，无论这些事情有多么不可能。我们能推测出，那些人中可能有书行者，或者未来的书行者。而那些没有足够的想象力去相信不可能之事的人，总会找借口把这事搪塞过去。”

“话说回来，”蒂莉有些崇拜地看着罗莎说，“趁你引发骚乱的时候，奥斯卡和我抓住机会，像上次一样从后面溜上了车。我知道如果我问外公，他不会让我和你一起去的。”

“我们像上次一样找到了车厢里的路，”奥斯卡补充道，“就到这里了。”

“你是说车厢中间的一条大直道吗？”阿莱西娅挖苦道。

“没错。”奥斯卡咧嘴一笑，竖起了大拇指，阿莱西娅忍不住大笑起来。

“那么，接下来的计划是去地下图书馆找到你需要的成分来唤醒霍拉旭，然后在炼金术士出现之前，把我的家人都送到安全的地方？”蒂莉问道。

“是的。”米罗同意。

蒂莉仍然目不转睛地看着罗莎。“《万书之书》在哪里？”她问道，“如果它不在你这里的话？”

“我不能告诉你，”罗莎说，“抱歉。”

“为什么不能？”蒂莉不甘心地说，“就是因为它，我们都处于危险之中。”

“我知道，”罗莎说，“但我担心，如果炼金术士再次找到你们中的任何一个人，他会无所不用其极地挖出你们知道的信息。你们知道得越少，就越安全。而且必须只有我一个人知道《万书之书》在哪里，它才能得到保护。不能让地下图书馆知道，也不能让霍拉旭这样的人知道。说到霍拉旭，我们必须尽快让他醒过来，因为我们需要获得他知道的信息。不论他此前做过什么，我仍然相信他想要阻止炼金术士，即使他的动机并不像我希望的那样无私。”

“你指的是，他想要为炼金术士绑架我，好自己偷偷拿到那本书这事儿吗？”蒂莉生气地说。

“怎么说呢，我们都知道，霍拉旭不是什么正人君子，”罗莎答道，“但他已经竭尽全力保护米罗和长词号不落入炼金术士手中。”

“但愿他能像保护火车一样保护我，”蒂莉不满地嘟囔道，“但无论如何，我们都同意他是一个……复杂的人，并且知道一些信息，行吧。不管他知道多少，我们都得让他醒过来，因为他是米罗的家人。”

他们没有时间继续讨论霍拉旭，以及他可能知道什么、做过什么。因为这趟旅程很短，他们已经到达大英地下图书馆了。

34

被遗忘之物

米罗此前只来过一次大英地下图书馆，那次经历并不怎么愉快。霍拉旭跟人签了合同，他必须要拿到源本书，因为邪恶的安德伍德双胞胎想要摧毁源本书来窃取其中的书魔法。当时这对双胞胎正企图利用他们在地下图书馆的职权谋求长生不老。他们以为如果某样东西有强大的力量，那么它就是有价值的，只能通过盗取它以获得力量。他们从未意识到，纯粹的书魔法就只是想象力而已。不过米罗清楚，理解这一点是一回事，而知道如何收集和使用想象力却要难得多。

“我想象的目的地是源本图书馆，”长词号停下来后，米罗对大伙说，“这是我记得最清楚的地方。不过我不确定它现在的样子和我记忆里的是否一致，因为蒂莉已经释放了所有的源本书。”

“我到现在还不敢相信你做到了这件事，”阿莱西娅说，“就只算存放在伦敦的源本书，想想你让多少本书重获自由，书行者们再也不会意外毁掉原本的故事——更不用说这大大限制了我父亲能染指的书。”

“阿米莉亚希望其他地下图书馆能够看到这么做的好处，并做同样的选择，”蒂莉说，“她正在想法子用书魔法做成这件事，这样她就不必依靠我特殊的书行能力，或者是威廉·莎士比亚的记忆。”

“这真是一个有趣又独特的想法，蒂莉，”罗莎说，“让人开始反思地下图书馆到底该扮演怎样的角色。”

“我听不出来你觉得这是好事还是坏事。”奥斯卡说。

“这是个有意思的事！”罗莎大笑道，“我想时间会告诉我们！看起来一切和书行有关的事情都在发生变化——我们似乎马上要来到一个关键的转折点。源本书被释放，炼金术士则正在把他酝酿已久的计划推向高潮。现在来看看，米罗把我们带到哪里了？”

“不会比一屋子吃惊的读者的书店更糟了吧。”奥斯卡笑道。

“我觉得很可能比那糟糕得多，”阿莱西娅说，“比如上锁的地牢，着火的房间。说不定我们停在了流沙上。”

“我肯定没有想象流沙。”米罗焦急地说，但他还是打开了车门，想要确认一下。

他看到的是一间大厅，大厅的形状和大小与源本图书馆相同，但感觉是一个完全不同的地方。一排排钢制书柜不见了，之前那些书柜里放满了许久都无人问津的书。混凝土地面现在铺上了豪华的海军蓝地毯，天花板也漆成了类似的深蓝色，上面点缀着夜空中的星群。房间的三面排列着许多书架，但都是锃亮的木制书架，而不是钢制的。房间的一头摆着一排排带独立台灯的木桌，其余空间则散落摆放着一些沙发和扶手椅。台灯温暖的灯光照亮了整个空间，靠墙有一张长桌，上面放着水壶、咖啡机、几盘饼干和别的小吃。

几位穿着地下图书馆工作服的管理员在书桌前工作着，也有几位坐在夜空天花板下舒适的座椅上读书、聊天，手里握着冒热气的杯子。

“好吧，确实不大一样，”蒂莉走到米罗身旁说，“这里真是——”

“太美了！”米罗接着她的话说道。他简直不敢相信在他上次来之后这里发生了这么大的变化。

管理员们好奇地看着长词号。图书馆管理员这个群体基本人人都有一颗强心脏。他们面对各种事情总能泰然处之，不会任其扰乱自己的节奏。当然，他们也有相当出色的想象力——尤其是那些在大英地下图书馆工作的人。不过，他们不可能完全不在意一列突然出现在阅览室里的火车，于是纷纷放下了手中的咖啡，把书签仔细地插到书脊，走近了些。

米罗走下火车。“抱歉打扰你们，”他尽可能用自信的语气说道，“我们只是来拿个需要的东西，拿完就不再打扰你们了。”

蒂莉等一干人也跟着走下火车。管理员们仍然看着他们，有些人面露怀疑，但大多数人难掩惊喜的神情。米罗听到有人说“那是蒂莉·佩吉斯”，还有“他们应该是打败了安德伍德的那群孩子”，这让他意识到他们在这里并非无人知晓。

“呃，追随安德伍德的管理员真的都离开了吗？”米罗低声对蒂莉说，他有些担心那些人会知道长词号的存在。霍拉旭到底是怎么把长词号隐藏了这么久的？米罗当司机还不到一个星期，但他感觉已经把看到长词号的人数翻了两番。他的叔叔为了不让长词号被地下图书馆的耳目觉察，显然付出了比米罗知晓的还要多的努力——他只会让他的书籍走私生意的少数客户知道长词号。

“我想是的，”蒂莉回答，“阿米莉亚说，一些没有站出来反对他们的人获得了第二次机会，但她一直在从全国各地的书行者中招募新的图书馆管理员。当然，这里仍然有人一直忠于阿米莉亚，反对安德伍德家族，比如——”

“那是米罗·博尔特吗？”一个声音在阅览室里回荡——大步向他们走来的是赛巴斯，一位图书馆管理员，阿米莉亚的支持者，也是佩吉斯家族的忠实朋友。

“你好！”米罗说，他很高兴见到赛巴斯，“这样闯进来真是抱歉。”

“不必抱歉，”赛巴斯说，“我很高兴你们能看到美丽的新阅览室——我们把源本图书馆改造成了这样——你们觉得如何？这里是管理员们工作、学习、阅读和交谈的地方，或者只是吃个午饭。而且它的空间也足以容纳你们宏伟的——火车？”

纸张的沙沙声和咖啡杯的叮当声重新响了起来，赛巴斯的问候正好给了管理员们所需要的信号，那就是一切正常。尽管如此，米罗还是反复确认他安全地锁好了长词号。

“这里很好看。”蒂莉说。

“我想我还没有这个荣幸见过在场的每一位。”赛巴斯说着，摇了摇头，以表示接受长词号的存在，然后看向阿莱西娅和罗莎。

“噢抱歉，”蒂莉说，“这位是阿莱西娅·德拉·波塔。她是——”她怔住了，不知道该怎么介绍阿莱西娅。

“她是我的一位朋友。”米罗接话道。

“这位是罗莎——”这回轮到米罗怔住了，他才意识到自己并不清楚罗莎是否有姓氏。

“你好，”罗莎说着走上前去和赛巴斯握手，“我叫罗莎·克利尔伍德。”

“很开心认识你，”赛巴斯说，“如果不是太无礼的话，我能问一下你和四个孩子乘着火车来我们的地下阅览室做什么吗？”

罗莎大笑起来，“我们想要找阿米莉亚·韦斯珀，让她带我们去趟遗失物管理处，可以吗？”

“当然没问题，”赛巴斯说，“但是我需要确认一下，你是说遗失物管理处，还是遗忘物管理处？要知道我们两个部门都有。”

35

卡斯托耳和帕洛克斯

“我没弄错！”阿莱西娅发出胜利般的叫声。“我记下来的就是这个！”她对大伙说道。

“她确实没错，”罗莎微笑着说，“是我坚持认为应该是遗失物，这都怪我，试图把通常的规则强加到与书行和想象力有关的事情上。”

“抱歉，你是认真地告诉我们这里有一个遗失物管理处，还有一个遗忘物管理处吗？”奥斯卡问道。他露出狡黠的笑容看向赛巴斯：“你不会是想把我们这种有阅读障碍的书行者搞迷糊吧？”

“我向你保证，绝对没有。”赛巴斯一脸惊愕地说道，“这不是什么把戏，它们只是有不同的职能而已。我去叫阿米莉亚，告诉她你们来了，她会带你们去的。”

但还没等他走到书桌前，房间的大门就打开了，阿米莉亚·韦斯珀走了进来，她光泽亮丽的黑发在头顶扎成一个凌乱的发髻。

“又是一个非法任务吗，蒂莉？”她用宠溺又气恼的语气说道。

“也许吧，”蒂莉有些不好意思地说，“阿米莉亚，这是罗莎，就是一直被我们称为植物学家的人，她知道——”蒂莉停下来环顾四周，确认他们不会被偷听，“呃，她实际上是《万书之书》的守护者，她在帮我们用阿莱西娅的配方制成解药，好让霍拉旭醒来。”

“这简历相当精彩！”阿米莉亚说着看向罗莎，后者被这赞美弄得脸红了。

“那是个家族继承的职位，”她说，“我是说守护者那部分。而配方那部分就是我们来这里的原因。”

“我们希望能看看遗忘物管理处，”米罗说，“我们可能需要那里的某样东西。”

“你们究竟为什么需要那里的东西呢？”阿米莉亚问道，“那个部门是非常独立的。事实上，我刚成为图书馆管理员的时候，就被告知要让他们自己做主，不要问太多问题！”

“我父亲的配方里提到我们需要一样被遗忘之物，以弥补逝去的时间。”阿莱西娅说。

“啊，这样我就明白了。”阿米莉亚说。

“太好了！”罗莎答道。

“哦，对不起，”阿米莉亚略带尴尬地改口道，“我刚在说反话。我还是不太明白。”

“这是一个很诗意的配方，”罗莎说，“但我有把握我们已经准确地破译了它，解药会起作用的。我们基本上已经拿到了所有需要的东西。”

“这都很好，但是如何把一件物品制作成药物呢？”阿米莉亚问道。

“罗莎知道怎么把某样东西提炼成纯粹的想象力，”米罗说，他为自己能与知道这种事情的人共事而感到骄傲，“我们已经从书里收集了几样东西。”

“这种提炼方法，”阿米莉亚问，“能从书里取出东西来？”

罗莎点了点头：“确实如此，虽然不是以它们原本的形态。”

“这样的话，罗莎，我想我们应该抽个时间坐下来好好聊聊，”阿米莉亚说道，她的眼睛亮了，“这听起来很吸引人——我很想多了解一些，如果你愿意的话。”

“哦，没问题，”罗莎说，她很高兴阿米莉亚对此感兴趣，“我们先要把霍拉旭唤醒，确保《万书之书》以及蒂莉和她的家人安全，之后你一定要来树屋看看。”

“太好了，”阿米莉亚说，“现在让我带你们去要去的地方。”

“长词号在这里安全吗？”米罗问完，再次确认了车门是否锁好。

“当然，”阿米莉亚说，“你是地下图书馆的朋友。我保证，不会有人乱动你的火车的。”

他们跟着阿米莉亚从源本图书馆上楼，来到地下图书馆美丽又宽敞的主厅，天蓝色的天花板和高大的书架看不到边界。管理员们在他们身后忙碌着，空气中充满了欢快的交谈声、书页翻动的声音和键盘的敲击声。

他们顺着楼梯走到大厅中央的大圆桌中间，桌子的一侧刻着图书馆的座右铭。

“LEGERE EST PEREGRINARI，”米罗念道，“这写的是什么

意思？”

“读书即游历，”阿米莉亚答道，“这是所有地下图书馆的座右铭，值得庆幸的是我们现在也更加关注这一点。书行理应关乎快乐、学习和探险，我认为我们的职责就是促进和保护这一点，同时保护书行者的安全，尤其是年轻的书行者们——而不是去干涉或者规定阅读或者书行对于任何人的意义。”

米罗看到罗莎点头表示赞同。一行人跟着阿米莉亚穿过大厅一端的一扇门，进入走廊。左右两侧的走道有很多一模一样的门，但门上的标志不同。阿米莉亚领着他们左转，一路走到走廊的尽头，那里隐藏着两扇相邻的门。一扇门上标着“遗失物管理处”，另一扇标着“遗忘物管理处”。阿米莉亚分别敲了敲两扇门，它们同时打开，两个长得几乎一模一样的男人站在门口。

“这位是卡斯托耳，”阿米莉亚指着遗失物管理处的那个人说，他挥了挥手打招呼。“这是帕洛克斯，”她接着指向遗忘物管理处的人说，他开心地挥挥手，“他们负责保管许多我们丢失的东西。”

卡斯托耳和帕洛克斯绝对是双胞胎，米罗心想。他们看起来六十多岁，都穿着配套的整洁西装，卡斯托耳穿的是深紫色，帕洛克斯是紫红色。

“见到你们真高兴，”卡斯托耳说，“你们今天是要去哪个办公室呢？”

“遗忘物管理处，谢谢。”米罗礼貌地回答。

“你们介意解释一下这两个的区别吗？”蒂莉插话道。

“当然可以，”帕洛克斯说，“我们两个都负责保管丢失的东西——就是那些从故事的结尾掉进环衬页的角色和物品。”

“也包括书行者吗？”蒂莉问道，米罗知道她是在想自己为何可以从环衬页去往地下图书馆。

“值得庆幸的是，现在已经很少有书行者会在环衬页走丢了，”帕洛克斯说，“不过有其他管理员负责处理阅读者的事情——那些都由环衬页执行处负责，我们只管虚构的事物。”

“我管的是遗失物，”卡斯托耳接茬道，“就是那些被挤下书页的事物和角色。当书的结尾比较匆忙时，这种情况时常发生。有时是因为作者没有很好地顾及其中一个角色，导致这个角色从书的边缘掉

落——我相信你们也有碰到过——或者是因为书行者干扰了过于接近结尾的情节。

“不过一旦读者读完了一本书，一切都会恢复正常，所以并不是说书会丢失什么东西，对吧?”蒂莉问道，“尤其是现在那么多源本书都不存在了。”

“没错，”卡斯托耳说，“书会自我复原，所以任何落入环衬页的无生命体都会被留在这里。我们用它们研究书魔法，以及探究为何无生命体所遵循的规则与虚拟人物的规则不同。”

“那些角色呢?”米罗问道。

“显然我们不能让他们在这里游荡，所以就把他们重新放回去，”卡斯托耳解释道，“我们把他们带到他们在书中第一次出现的地方，当他们看到自己时会尴尬地停顿片刻，之后两个版本的角色就融合在一起，重新变成故事开始时的样子。”

“遗忘物管理处都有些什么呢?”阿莱西娅问。

“我兄弟的工作更难一些。”卡斯托耳说。

“你真是太客气了，兄弟，”帕洛克斯应声道，“不过，处理被遗忘的东西确实更容易让人伤感。我保管的东西是已经，呃……被遗忘了的。它们不再属于任何人或任何一本书，但是我还是会保管好它们，即使不再有人需要，甚至不记得它们。”

“我不太明白你的意思。”罗莎礼貌地说。

帕洛克斯笑了笑:“每当我们书行到书里时，都会留下自己的痕迹，那些故事也会在我们身上留下痕迹。书行者在塑造了他们的人格的书中所产生和改变的记忆和想法，会累积成他们自己的记忆和想法。这些记忆和经历造就了阅读者的人格。这不仅仅适用于书行者——对所有读者都是一样的。你会清晰地记得，你是在哪里读到一本书，让你改变了对某事的想法，恰好在对的时间读到了对的书，或者遇见一个让你一下子就爱上的角色。书行者们会有更加真实的体验，会在书中见到自己喜爱的角色，或者身临其境地看到神奇或者可怕的场面。我们在读过的每一本书里都留下了书魔法的痕迹，它的魔力是被低估了的。它可以用来标记书行者，不过我并不赞成这种做法。”

“*之前档案馆的记录簿就是用的这个原理。*”米罗心想，他知道其他去过档案馆的人也会有同样的想法。

“总之，这些记忆都会留下痕迹，即使在我们离开后也挥之不去的，”帕洛克斯说，“那就是被遗忘之物。你们为何不进来看看呢？看完就都会明白的。”

36

故事的庇护所

他们向卡斯托耳告别，他随即退入门后。他们便走进了帕洛克斯的办公室。房间本身很小。除了办公桌，里面什么都没有——没有记忆或者任何丢失的东西。

“这里只是接待处，”帕洛克斯看到他们一脸困惑，便解释道。他领着他们来到房间后面的一扇门，门后是一组陡峭的楼梯。大伙跟着他爬上楼梯，来到另一扇门前，看着他打开了门锁，把门推开。

“欢迎来到遗忘物管理处。”他退后一步给大家让路，并微微鞠躬说道。

地下图书馆又一次让米罗惊叹不已。这个房间不大，铺着木地板，墙边摆满了一排排的橱柜，上面放着大小不一的玻璃瓶，每个玻璃瓶里都装有彩色的、闪闪发光的烟雾一样的东西。每瓶烟雾的颜色都有些微的差别，一些瓶子满到都快要溢出来了，但另一些瓶子里却只有几乎微不可见的小小一缕。

“你们能发现，有一些瓶子几乎都空了，”帕洛克斯说，“它们会随着时间的流逝而消散，记忆会逐渐消失，没有人会记起它们。”

“你知道它们都是什么样的记忆吗？”奥斯卡看着最近的橱柜问道，“或者它们都属于谁？”

“我们不知道它们是谁的记忆，”帕洛克斯说，“但是这样是最好的。我们也无法确切地知道它们的内容，因为你无法书行到一段记忆里面去。只有你真的打开一个瓶子，才会感觉到它是什么样的记忆。你会感到心碎，或者闻到巧克力工厂或海盗船的味道。有时你甚至能听到一些声音或者一段谈话。能够感受到其他人的书行记忆的余音，是件非常令人陶醉的事情，我敢说这可能会让人上瘾。”

“所以你会打开它们？”蒂莉说，“但这不会毁了它们吗？”

“确实，如果不装在瓶中，它们会很快消失的，”帕洛克斯说，“这里不是那种为了一己私利搜罗东西的邪恶之地。这些记忆自己找回到这里，我们保存它们是出于……出于一种尊重吧——我想这是最准确的词了。不过我们有时也会用它们尝试理解关于记忆和魔法的更多东西。打开它们感受一下那段记忆留下的痕迹，并没有什么坏处。所以，不管是装在瓶子里的或是他人经历过的记忆，都值得纪念。”

米罗完全理解他所说的话。

“来，我演示给你们看，”帕洛克斯说着走到一个柜子前，选了一个瓶子，里面只有一小缕闪闪发光的粉色烟雾，“这瓶快没有了，所以会很温和。如果你感觉不到任何东西，也不必担心；通常你能感觉到的只会是一个想法的残留。”他示意他们围拢过来，然后打开了瓶塞。一小缕闪闪发亮的粉红色烟雾飘向空中。

米罗立刻被一种强烈的渴望和向往击中了——他感到自己非常想要某样东西，他从没对任何东西如此渴望，但他却无法确定他想要的到底是什么。空气里弥漫着一缕土耳其人的喜悦，他还听到了嘎吱作响的声音，好像是脚踩过雪地，然后一切就都消失了。整个过程只持续了几秒钟，但米罗感到精疲力竭。

“哇!”他不禁感叹。

“你感觉到了吗?”阿莱西娅问道，她还在闻着周围的空气，仿佛试图嗅到记忆的最后一点残留。

“我好像闻到了甜甜的味道?”蒂莉自告奋勇地说。

“它消失得太快了，”奥斯卡接着说，“我才刚感觉到，它就不见了。”

米罗于是有些困惑。

“你呢，米罗?”帕洛克斯饶有兴趣地看向他，“你的感觉有什么不同吗?”

“准确地说，不是不同，”他慢慢说道，“只是，更多?我想我一定是恰好站在了最好的位置。我能感觉到它，就如同我是经历这段记忆的人，我能闻到土耳其人的喜悦，听到有人从雪地上走过，那感觉就像，我进入了某个其他人的身体里。”他意识到周围的人都在看着他，便没有再继续说下去。“这是不是不正常?”他有些没底气地问。

“我不能说这是正常的，孩子。”帕洛克斯说，“我对于这些记忆的感觉非常敏锐，但我是经过多年的研究，才能够放松我的大脑，以你刚描述的那种方式感受这些记忆。你显然对此是有天赋的。”

“米罗非常有同理心，”罗莎愉快地说，“他能如此强烈地感受到其他读者的记忆，我并不意外。你刚刚说，它们是由书魔法生成的？”

米罗很感激罗莎把话题引开了，不过阿莱西娅仍然专注地看着他。他避开了她的眼神。

“某种程度上，是的，”帕洛克斯解释道，“希望我这么说不会让你们认为我们很傲慢，不过我们这里的研究是比时下最普遍的关于书魔法的看法要超前一些的。例如，我们很早就知道，它远远不止是实体的书本中的某样东西。”

“安德伍德们从未意识到这个地方到底是做什么的，这点做得很好。”奥斯卡指出。

“怎么说呢，我和我兄弟很幸运，我们的工作一直被赋予高度的私密性，”帕洛克斯说道，“正如韦斯珀女士所知，我们拥有一定程度的自主权，这可不是随便哪个部门都有的，更何况他们一直看不上这种东西。他们觉得都是些异想天开和多愁善感。他们绝不会想到，这些瓶子里的东西和他们偷来的魔法一样强大，甚至更强大。”

“那你们是怎么收集到它们的呢？”米罗问道，“或者说，它们怎么到这里来的？”

“啊，我带你去看看，”帕洛克斯回答，他领着众人穿过房间尽头的一扇门。那里还有一个单独的隔间，房间中央有一个大玻璃球，里面装满了一片片、一缕缕的书行记忆，彼此纠缠在一起。这个房间被一整套精密的玻璃实验装置占据，这个装置从中央的球体中汲取记忆并将它们吸入瓶中。这一切实在很美——每一种色彩都代表一本书的记忆。

“帕洛克斯，我想我们需要聊一聊，”阿米莉亚惊奇地环顾四周说道，“我知道你被允许有自己的空间，但我认为我们俩最好能……交流一下。”

“当然，”帕洛克斯说，“我想我们会合作得很好，你和我。我最近一段时间一直在做一些实验，书魔法会召唤书魔法——我想，这就是这些记忆最终会来到地下图书馆的原因，因为它是一座想象力的宝库。”

“就像档案馆一样，”米罗低声对蒂莉说，“这也是为什么档案管理员会去到那里，他们给世界的想象力带来的影响简直太大了。”

蒂莉点头同意。

“因此我发明了一种东西可以增强这种召唤，”帕洛克斯说，仿佛这只是一件再简单不过的事情罢了，“世界上没有两段相同的记忆，所以它们可以彼此保持分离。”

“这些记忆是来自世界各地吗？”罗莎问。

“我不这么认为，”帕洛克斯说，“不过这很难知晓。我们还有源本图书馆的时候，我一度以为所有和源本书有关的记忆都会到这里来。现在源本书已经被释放了，”他顿了一下，朝蒂莉微笑，“但是记忆还是会来这里。我想它们可能就是被最近的书魔法汇集处吸引过

来。毫无疑问，许多记忆会被吸引到其他的魔法汇集处，那些汇集处会随着时间的流逝逐渐消散。你可能在不知不觉中经过这样一个汇集处时，感受到某种感觉或气味，但把这归结于其他原因。”

帕洛克斯正解释着，米罗忽然感到自己打了个冷战，皮肤上冒出了鸡皮疙瘩。

“你感觉到了吗？”他问阿莱西娅。

“感觉到什么？”她答道。

“也许只是一阵风。”他慢吞吞地说，但随后又有一阵情绪和感觉向他袭来，就好像这房间里的另一个瓶子被打开了似的。这一次他感觉到了森林和烤肉的气味，以及回荡在空气中的笑声。

“我想……我想我刚刚感觉到一个新的记忆快要到来，”他对帕洛克斯说，“这可能吗？”

“噢，非常有可能，”帕洛克斯说，“显然你对于其他书行者和想象力的感觉非常敏锐。我有时也会在一段记忆到来时感到不寒而栗。”

“我只是——”米罗看向罗莎，“刚刚的感觉让我想起了我们和莉娜一起在《罗宾汉》的时候。这不意味着什么吧，对吗？”

“不会的，”罗莎安慰他，“我不觉得你可以根据一段记忆定位到哪本书。”她看向帕洛克斯以询问他的意见。

“这不太可能，”帕洛克斯答道，“通常你无法获知足够的细节来找到是哪本书，除非在非常特殊的情形下。《罗宾汉》对你而言有什么特别的意义吗？”

“我只是担心……”米罗摇了摇头，“算了，你是对的。这个记忆

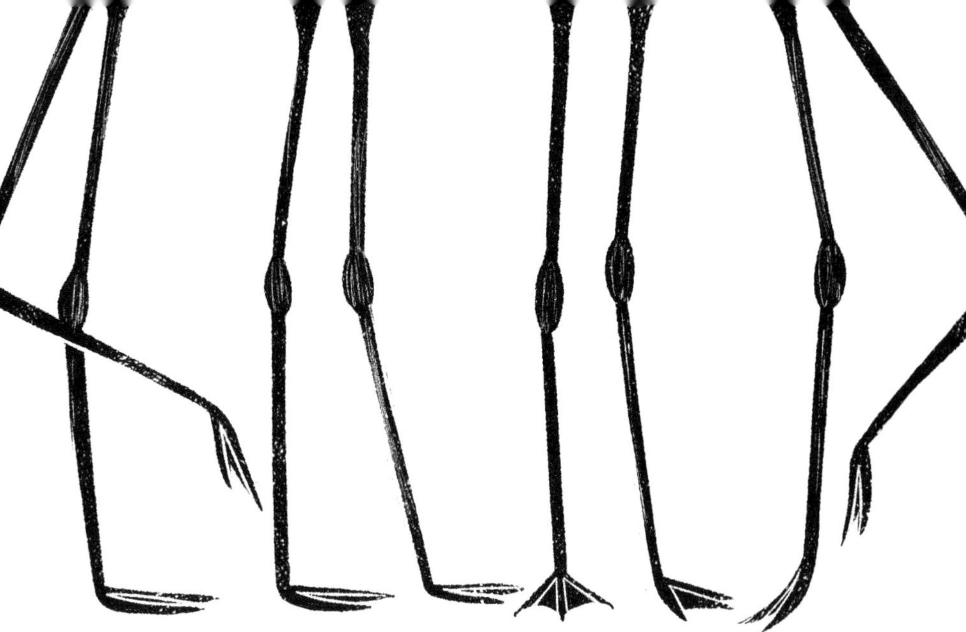

可能来自其他的书或者人。”可米罗仍感到不安，他担心莉娜在树屋里会做什么，但他努力把这一担忧抛诸脑后。

“不论它们来自哪本书，你会拿它们做什么呢？”阿莱西娅问道，她一向很关注实际又科学的那方面。

“我会保管它们，直到它们消失，”帕洛克斯说，“即使装进瓶里，它们也会自然消失，所以我给它们提供一个容身之所，直到它们完全消散。每段记忆都承载着阅读者在某个时刻的真情实感。地下图书馆并非只关乎规章制度，我认为，如果你允许我这样说的话，韦斯珀女士，它是故事和阅读者的庇护所。遗忘物管理处也是这样。”

“这里简直就像一个非常美丽的墓地。”阿莱西娅说。

“我更愿意把它看作是一个纪念馆。”帕洛克斯答道。

他们走回摆橱柜的房间时，大人们在前面交谈，这给了米罗、阿莱西娅、蒂莉和奥斯卡短暂的独处时间。

“我在想，这一切是否都植根于同一样东西，就像我们的安抚毯角色，”米罗沉思着说道，“我想知道我的阅读记忆会给别人带来什么样的感觉。”

“我也在想这个问题，”蒂莉说，“我猜那应该是最关键的事物：我的是《绿山墙的安妮》——穿过树林的风，安妮的笑声和秋天凉爽的空气。”

“我的话应该是《爱丽丝梦游仙境记》。”阿莱西娅说，蒂莉向她投去赞许的眼光。米罗这才意识到他并不知道阿莱西娅的安抚毯角色是什么，不过爱丽丝完全契合——直率、聪明，又有些古怪，就像阿莱西娅一样，“我的记忆应该有玫瑰的香气，还有写着‘吃我’的蛋糕的味道，”她继续道，“我想到爱丽丝时，就会想到这些。背景里应该有火烈鸟的叫声。”

“我不确定我的记忆会是什么，”奥斯卡说，“我觉得能够塑造我的书行经历还没出现。不过我们那次去金银岛的旅程已经很接近了，蒂莉。海盗和鱼的气味，想想就让人开心！”

“我的话应该是《铁路边的孩子们》[①]，”米罗说，他对于自己的答案非常肯定，“新鲜的空气和火车的汽笛声，还有一种你本来就属于那里的感觉。”

①《铁路边的孩子们》由英国作家伊迪斯·内斯比特编著，讲述关于美好心灵和逆境成长的感人故事。

37

很有启发的造访

“阿米莉亚告诉我，你们需要带走这些记忆中的一个，”大家重新聚集起来后，帕洛克斯说道，“我们恐怕无法确切地知晓一段记忆的内容，不过有时从颜色能看出它的情绪大概是什么。我建议你们选一个新一点的，瓶子还是满的，记忆还是鲜活的那种，这样成功提炼出来的可能性比较大。也许你们可以考虑多拿几个以防万一。请随意选择你们想要的。”

“可以一人选一个吗？”罗莎问。

“当然，”帕洛克斯说，“除了尊重与纪念外，它们没有别的作用了——我情愿认为你们挑走的那些不会被遗忘，会用于更伟大的目的。用这种方式来纪念它们也很有意义。”

米罗在橱柜前走来走去，想要找到一个让他印象深刻的记忆。最终，他选择了一瓶深绿色的记忆，是像森林一样的颜色，好奇又温和地在瓶子里徘徊。阿莱西娅拿的那瓶记忆是雅致的灰色，像一团朦胧的云悬在瓶中。奥斯卡的那瓶是明亮的橙色，正用力撞击瓶子的侧面。蒂莉选的是长春花蓝色的记忆，和佩吉斯书店的标志一样的颜色。米罗没看到罗莎选的什么样，因为她已经把瓶子放进了背包里。她安静得让米罗有些不习惯，不像平时那么开朗和健谈，而是一直在观察，大多数时间让孩子们主导谈话。

“你们都拿到想要的了吗？”阿米莉亚说，“如果拿好了，我想请求搭个便车，坐长词号去佩吉斯书店，那里我能帮上忙。罗莎，我还想和你多聊聊关于《万书之书》的事情，以及对于炼金术士的计划你都知道些什么。如果他掌控了更多的书和想象力，这将影响我们所有人。”

“我很乐意跟你多聊聊，”罗莎说，“不过长词号的事情自然要问米罗。”

“噢，好的，你当然可以。”米罗有些尴尬地说，他觉得自己没有资格决定一位地下图书馆管理员是否可以乘坐长词号。

“谢谢你，”阿米莉亚说，“那么我们走吧？谢谢你，帕洛克斯，这次造访很有启发。”

帕洛克斯郑重地鞠了一躬表示感谢，然后领着他们走向门口。

“很高兴见到你，韦斯珀女士，”他说，“也很开心见到大家。你们制作的这个药剂有什么进展，请一定告诉我——如果我的这些记忆有帮助，我会很开心的，而且我也想知道它们会起什么作用。我感觉我们会再见面的，可能很快。”

“谢谢你的帮助。”罗莎说。

“谢谢你。”大家齐声说道，随后遗忘物管理处的门在他们身后关上了。

罗莎看了看手表。

“还没到一点了，”她点点头说，“我们有足够的时间返回佩吉斯书店。”

很快他们就回到了长词号，她一直停在漂亮的新阅览室里。阿米莉亚之前从未上过长词号，她对一切都很新奇。看到罗莎开心地给她介绍长词号，米罗感到很高兴。他们马上就可以唤醒霍拉旭了，这让米罗愈发好奇霍拉旭会对长词号做些什么。司机的口哨会为谁工作呢？米罗对他叔叔的看法很现实，他无法想象霍拉旭会乐意把长词号让给自己十二岁的侄子。他知道，他们一旦解决完炼金术士的事情，霍拉旭就会想马上重拾走私书籍的老本行——不过前提是他们真的能对付炼金术士。

“有人想喝茶或者要点别的什么吗？”他们在餐车的一张桌子旁坐下来后，米罗立马问道，他想要招呼好大家。

“哦，好呀，拜托了，我想来一杯。”阿莱西娅立马说。

“我想米罗还是不要忙着照顾大家了，”罗莎说，“米罗，要不然你先专心送我们去佩吉斯书店？咱们不要再意外地走弯路了。”

既然她这样说，米罗就照做了。他闭上眼睛，想象着（完全没有顾客的）佩吉斯书店的大厅。他吹响了司机口哨，长词号就开动了。

“来嘛，我们可以自己弄点喝的，”奥斯卡大咧咧地说，“我觉得咱们一起去可以搞得定。”他站起身来，但其他人都没动。“阿莱西娅？”他试探着召唤。

“你什么意思？”她显然感到被冒犯，“你是在和我说话吗？我想我不能走开吧——毕竟我是炼金术士的女儿。”

“只需要去一小会儿，”奥斯卡说，“我们就好好打好下手吧。”

“你说你自己就行了，”阿莱西娅说，但她还是站起身来，米罗很确定看到她笑了一下。

“我来捋一下，”阿米莉亚说，“罗莎，炼金术士在寻找《万书之书》，他认为那本书在你的树屋——但是其实并不在？”

罗莎点了点头。

“那它在哪儿？”蒂莉再一次问道。罗莎的表情有些为难，米罗注意到阿米莉亚在仔细地端详她。

“但你不能说，”阿米莉亚说，“因为我们不知道这个信息会更安全。危险只能由你一人来承担……”

“是的。”罗莎点头。

“这下我明白他们为什么把重任交给你，”阿米莉亚笑道，“你能告诉我们《万书之书》是怎么被保护的吗？”

“没有线索的话，几乎不可能找到它，”罗莎说，“不让炼金术士找到它固然很重要，但蒂莉和佩吉斯家族的安全更重要。虽然他可以用某种方式找到他们，却不能以同样的方式找到那本书。除非有人告诉他从哪里开始找，这也是为什么我不能告诉任何人。我——我可以告诉你们它藏在一本书里，你们可能已经猜到或者想过这种可能性。这很大程度上可以防止有人把它从书中带出来，不过对于蒂莉和炼金术士而言，也不是绝对做不到。当然，如果匿名读者进入它藏身的书里，他们可以阅读《万书之书》的内容并记住其中的大部分内容，或者如果他们想的话，可以抄录其中的章节。但是它也会受到那本书中某一个人的保护——那个人对于想象力的了解比任何人都多。

“一个虚构人物？”米罗问道，“比如像是我叔叔用的那种书签，或是为炼金术士看守毒药柜的人？”

“这不是非此即彼那么简单，”罗莎说，“其实——”

罗莎被一阵猛烈的震颤打断了，仿佛他们撞到了什么**异常坚固的东西**。

38

困在故事里

碰撞产生的冲击传导到火车里，罗莎和阿米莉亚被撞向桌子的一侧，米罗和蒂莉被撞回座位上。米罗跳了起来：他能切身地感知长词号被破坏了，但他不知道那是物理层面的破坏还是更深层次的破坏。他哪里做错了吗？他可没有时间再搞砸了！

“奥斯卡！”蒂莉叫道。

“还有阿莱西娅，你还好吗？”罗莎说着，艰难地起身，她的表情因为疼痛而扭曲。

“我们没事，我们没事！”奥斯卡说着跌跌撞撞地从厨房走出来，“大家都没事吗？”

“是的，大家都没缺胳膊少腿。到底发生什么了？”阿米莉亚问道。

米罗一无所知，他在长词号上的这些年，从未有过这样的感觉。他冲到门口，敏捷地顺着梯子爬到火车顶，跑到车头。他们似乎处在故事与真实世界的交界处。他可以看到书店所在的那条街，但似乎隔了一层黑色的玻璃，好像他们被挡在故事和繁忙的伦敦街道中间了。

“怎么回事?”蒂莉出现在他身后问道，“为什么我们不能回家?”

“我不知道，”米罗说，“我再试一次，看看能不能让长词号尽量慢一些。”

他顺着梯子爬回到引擎室，查看书魔法的燃料是否充足——事实证明很充足。他轻轻抚摸长词号的墙壁，尽可能仔细地想象佩吉斯书店，想象那里舒适的壁炉、高大的窗户、书架和书架上的书、后面的咖啡馆，收银台后面的阿奇和埃尔茜·佩吉斯。他一只手放在刹车上，以使火车尽可能慢下来，他希望长词号集中注意力并更谨慎一些，然后他便吹响了口哨。长词号抖动了几下，试图移动，但仿佛他们面前有一堵无形的墙，让长词号无法突破那层阻止她从故事中驶出的罩子。

“我们被困在故事里了吗?”蒂莉轻声问道，听起来她和米罗一样被吓得不轻。

“我不知道，我不知道。”他说。他不知道自己还能做些什么，他完全松开了刹车，但仍然毫无动静。他们在推一个看不见的障碍。“我试试去附近的地方。”米罗说完闭上眼睛，想象佩吉斯书店外面的街道。如果真能到那里，他才需要担心会不会有想象力很强的行人。

他吹响了口哨，长词号立即向前滑行，好像什么都没发生过一样。火车很顺利地驶入现实世界，把自己藏身在路边的几棵树之间，行人都避开了她，却不知道为什么自己会改变路线。有几个人震惊地停了下来，米罗担心他们能看到长词号，但没过多久，他们就摇了摇头，仿佛要甩掉一个不好的想法，随即继续往前走，只是看起来有些困惑。

“啊，这下好了。”他下车走到火车前与大家汇合后，如释重负地说道。

“到底发生了什么事?”阿米莉亚问道，“为什么我们不能去佩吉斯书店?”

“可能是我的错，”米罗说，“可能是我给长词号的指令不太对。”他也很希望如此，他从没这么希望一件事完全是自己的错，可他心里清楚，并不是这个原因。

蒂莉显然也感觉到事情非常不对劲，她飞奔过马路，跑向书店门口。但她到门口时又停了下来，试探性地伸出一只手，缓缓碰到了米罗看不见的东西，她的指尖随即爆发一簇书魔法的火花。从她触摸的地方延伸出一条条的书魔法，一个他们原先看不见的屏障物浮现出来，笼罩着佩吉斯书店。金色的线就好像玻璃上的裂缝，编织成一张大网。

“到底是怎么回事?”奥斯卡倒吸一口气。

“这上面到处都是我父亲的指纹。”阿莱西娅恶心地说道。

“但现在才一点啊!”罗莎绝望地看了看她的手表。

“事态一定有变,”阿米莉亚说,“他是不是以为蒂莉在这里?他想要把她困住?”

“不,”罗莎因为惊恐而脸色煞白,“他一定是发现了!”

“发现了什么?”米罗问。

“他发现了《万书之书》在哪儿!”罗莎看着街对面的书店说道,蒂莉正拼命想要穿过那层障碍,“他知道它在佩吉斯书店。”

39

米罗·博尔特，长词号的司机

米罗和大伙迅速穿过街道，来到蒂莉身边，她已经泪流满面。

“怎么回事？”她抽泣着说，“为什么我不能回家？”

“是因为我父亲，”阿莱西娅说着，伸出一根手指轻轻触碰那道屏障，上面爆出了更多的火花。

“蒂莉，”米罗急切地说，“是因为《万书之书》在这里——更准确地说，它在佩吉斯书店的一本书里。罗莎刚刚告诉了我们。炼金术士一定是发现了。”

“我不明白他是怎么知道的，”罗莎大惊失色地说，“我从没告诉过任何人。”

“你应该告诉我们的！”蒂莉大叫道，她愤怒地转过身面向罗莎，“你说你不能说出来是为了我的安全，为了我家人的安全，现在你觉得这算安全吗？”她不停地撞击着屏障，但它纹丝不动，只是噼里啪啦地冒出火花，释放出一缕缕书魔法。

“你能给他们打电话吗？”米罗提议道。

“哦，天哪，我差点忘了。”蒂莉说着从兜里掏出手机，拼命地在屏幕上敲击，然后把它举到耳边。几秒钟后，她发出一声巨大的啜泣。

“外公！是我，蒂莉！你们还好吗？”她摁了一个按钮，把电话调成免提，好让大家都听见。

“我们没事，蒂莉，”阿奇尖细的声音传来，“你安全吗？”

“安全，我和阿米莉亚在一起。”蒂莉赶紧答道。

“好的，那就好。”阿奇说，米罗能听出来他松了一口气。

“现在都有谁在里面？”蒂莉问道。

“只有我们，谢天谢地，”阿奇说，“你妈妈、你外婆和我。当然还有霍拉旭。我们都是安全的，只是出不去。”

“我知道——我正在想办法进去！”蒂莉说。

“你来了？”

“我就在外面！”

随即是电话掉在地上的声音，佩吉斯书店的门打开了，蒂莉的外公站在门口。看着蒂莉和她外公近在咫尺，却无法靠近对方，米罗觉得自己的心都要碎了。他们各自向屏障伸出一只手，掌心相合，引得更多的金色书魔法线四射开来。

“你知道发生了什么事吗？”阿奇问道，他的声音隔着屏障听起来很奇怪，仿佛是从水下传来的。

“是炼金术士，”罗莎走到屏障前说道，“很抱歉，佩吉斯先生。发生这种事是我的错，我向你保证，我会尽我所能保护你们和书。”

“书？”阿奇重复道，“炼金术士一直寻找的《万书之书》？”

“对，”罗莎说，“它藏在佩吉斯书店的一本书里。”

“一派胡言，”阿奇说，“这种事情我不可能不知道。”

“它已经藏在这里很久了，”罗莎说，“它本就不应被任何人知道或者找到的。”

“那么，它在哪里？”阿奇说，“毕竟我们现在被困住了。”

“我……我不能告诉你，”罗莎生硬地答道，“它绝不能落入炼金术士的手中。”

“《万书之书》到底为什么值得大家付出这么大的代价？”阿奇懊恼地问道。

“因为书行最初的起源和精粹都藏在这本书中，”罗莎说，“书里的东西赋予读者掌控所有书本的权力，以及深厚的魔力。如果落入坏人之手，将颠覆世界。佩吉斯先生，你能书行吗？你可以藏到一本你认为安全的书里吗？一本源本书已经不存在的书，这样炼金术士就无法找到你。”

“这行不通，”阿奇说，“我们刚意识到出问题时就尝试这样做了，但把我们困在这里的力量，也同样阻止我们书行。”

罗莎沮丧地把手重重砸在屏障上，米罗从没见过她如此生气。

“炼金术士有给你们发什么信息吗？”米罗问道。

“一个字也没有！”阿奇说，“这罩子十五分钟前才刚刚出现，就在最后一拨顾客离开之后。我们感觉到有震颤，我打开门查看时，发现出不去了。我去查看那个时钟，发现它已经停了。”

“为什么他做了这事但本人不在场？”罗莎自言自语道。

“他会不会给我们发了个信息？”米罗说出他的想法，“通过长词号？”

“快去看看！”蒂莉喊道。

米罗飞奔过街道，阿莱西娅紧跟着他，他们径直来到长词号办公室的邮箱前。他拉开抽屉，里面有一封新来的信，那熟悉的羊皮纸和墨水让米罗认出它来自炼金术士。

“我应该把它交给蒂莉。”米罗说着把它举到阿莱西娅面前。

“但是这封信是写给你的。”阿莱西娅说。米罗把信封翻转过来，看了看地址，发现阿莱西娅是对的。这不是写给蒂莉的，而是写给他的：

米罗·博尔特，长词号的司机

米罗拿着那封信僵在原地。炼金术士想要他做什么？一定是和霍拉旭及那份合同有关——他还是想获得长词号。

“如果你父亲得到了长词号和《万书之书》，我猜他可以做一些非常强大的事情。”他慢吞吞地对阿莱西娅说。

“我不敢想，”阿莱西娅答道，“但你也许应该看看他说了些什么。现在，立刻。”

“好吧。”米罗说，但他仍然不敢打开那封信。

“哦，快点吧，”阿莱西娅说着从他手里抢过信，打开了它。她掏出一张很厚的纸，扔回给他。“给你！要么我给你读出来？”

“不用。”米罗说，他接过纸，自己读起来。

米罗，

我们是时候直接谈谈了，我乐观地认为你会比你的朋友们要更通情达理。虽然你叔叔因为搞小动作引火烧身，但我希望你在受他照顾的这些日子，已经从他身上明白，他做生意和获取机会的方式已经摆脱了乏味的道德观念。

他显然不是以非黑即白的态度来看待这个世界的，我一直很尊重这种人。我想知道你是怎么看待世界的呢，米罗？

你可能已经意识到情况发生了变化。我获得了新的消息，这让我不得不收回之前慷慨的提议。现在我知道了，玛蒂尔达不会在截止时间前与我联系，我之前还想客气地与你们协商，你们的集体行动显得我这个想法很可笑。

查到你把长词号开到了哪里，对我而言并不难。她所过之处留下了大量书魔法的痕迹，如果你知道怎么看到这些痕迹，你就会明白。所以，我现在身处诺森伯兰郡的一座美丽的树屋，给你写这封信，这里有很多非常有趣的研究。植物学家很聪明，她确保在她奇异的树屋里没有一本《绿野仙踪》，不过我已经快大功告成了，并且追踪到了长词号的行踪。

我有幸见到了一位老熟人和生意伙伴，你的奶奶。莉娜很好心地告诉了我她在这里了解到的一些东西。对于她收集知识的能力和办事的手段，我很钦佩。事实证明，她是最有帮助的人，但是她需要一些鼓励。

总之我想说的是，米罗，我知道《万书之书》在佩吉斯书店。所以，我得把它置于我的——请允许我这么说——保护之下。我要把书店翻个底朝天，直到找到《万书之书》，不管要多长时间。找到它之后，我会找到玛蒂尔达，如果她不把那本书带给我，把它打开，那她就别想再见到她的家人。

你看到这封信的时候，我已经离开了树屋，所以不要急着来找我。但是莉娜还在那里，你最好赶紧去找她。

此致

杰罗尼莫·德拉·波塔

米罗把信纸塞给阿莱西娅，他则朝着街对面喊道：“罗莎！我们得走了。现在。”

罗莎抬头看到他的脸，立即跑过马路，来到长词号前。

“怎么了？”她急切地说。

“他找到莉娜了，”米罗说，“信在阿莱西娅那儿——你可以在路上看。是莉娜告诉了他关于佩吉斯书店的事情，以及我们从没想过要帮他。听起来他已经弄伤了莉娜或者对她做了什么可怕的事情。”他的声音在颤抖，他不敢想他们回去会看到什么。

“但是，莉娜并不知道《万书之书》藏在哪里啊。”罗莎绝望又困惑地说道。

“显然她是知道的！”米罗喊道，他的声音不由自主地变得尖锐，“我们必须走了。其他人要留在这里吗？”

“如果炼金术士要来这儿，我们必须把蒂莉和奥斯卡带走。”罗莎说。

“她不会离开她的家人的。”米罗答道。

阿米莉亚、蒂莉和奥斯卡穿过马路来到他们身边。

“发生什么事了？”蒂莉问道。

“我们现在必须回树屋。”罗莎说。

“我不会离开的。”蒂莉立马说道，正如米罗预料的那样。

“你不能待在这里——这里不安全，”米罗坚持道，“他要来了。”

“你想让我把我的家人丢在这儿等着他来吗？”蒂莉哭着说。

“我们在这里帮不到他们，”罗莎说，“但是我们在树屋也许能做点什么。你在这里只能坐以待毙，况且你也没地方睡觉和吃饭。”

“我不在乎！”蒂莉叫道。

“你得让她自己做决定！”奥斯卡说，他站在蒂莉身旁护着她。

“蒂莉，”阿米莉亚插进来，她在蒂莉面前跪下来，握住她的手，“你得跟罗莎走，你要确保自己的安全。他们需要你的智慧和勇气来解决这件事。我保证，我会留在这里。我会坐在佩吉斯书店对面的咖啡店里看着。我会和你的外公母保持通话，如果事情有任何变化，我都会立即给你打电话，好吗？”

“这一点都不好！”蒂莉说。

“我知道，”米罗说，“这一切都不好也不公平！但是我们越快离开这里，就能越快想出办法。在这里你帮不了他们，但是在树屋可以。”

“你保证吗？”蒂莉抬头看着罗莎说，“因为在我看来，这一切都是你的错。他们被困在这儿，是因为一本藏在这里的书，但他们对此一无所知。”

“不是我把它藏在这里的，”罗莎说，“不过这不是重点，我知道。

很抱歉我没有告诉你，但我向你保证我不是敌人。这都是炼金术士的错，我们必须赶在他之前拿到《万书之书》。”

“可它在书店里面，我们怎么拿得到呢？”阿莱西娅说，“难道从屏障外面？”

“只有一条路，”罗莎说，“一条更长的路，但也许这是我们目前唯一的选择。现在必须得走了，必须找到莉娜，必须拿到那本书。”

“好吧。”蒂莉很崩溃，她任由米罗和奥斯卡一边一个架着她的胳膊，把她架上了火车。她朝着阿米莉亚点了点头后就走到了角落里，打电话给她外公，告诉他自己要去哪里。米罗竭尽全力集中注意力，努力摒除对莉娜、霍拉旭和蒂莉家人的思绪，专心想象着树屋。

长词号像是能感知到他急迫的心情似的，立马扭动起来，他们出发了。

40

第一个书行者

他们一进入故事的领域，蒂莉的手机就失去了信号，她随即加入了大家。

“抱歉我刚刚说这都是你的错。”她轻声对罗莎说。

“你不需要为任何事情道歉，”罗莎说，“完全不用。你所承担的压力和忧虑是任何人都无法也不应该承受的，更何况你还是个孩子。发生了这种事情，我也在考虑我没有告诉你那本书在哪儿，到底做得对不对。”

“你不可能知道莉娜发现了，”米罗指出，“不过她是怎么发现的？”

“我真的不知道，”罗莎说，“这正是我非常担心的。”

“答案有写在树屋的某个地方吗？”阿莱西娅问。

“呃，我想是的，”罗莎说，“作为书的守护者，我需要做一些秘密记录。倒没有把它的位置写在便利贴上，不过当然有一些记录提到关于佩吉斯书店的事情。“

“如果是这样，我觉得也不难猜到她是如何发现的。”阿莱西娅说。

“但是这些记录都是锁起来的，而且我说得很清楚，我不在的时候莉娜不能进温室。”

“虽然我希望我奶奶不是这样的人，”米罗说，“但就我对她的了解，如果她真想要找到什么，你叫她不要去哪里，或者把东西锁起来，未必管什么用。”

“可能是我太傻了。”罗莎说。

“或者只是太天真。”阿莱西娅说着拍拍罗莎的胳膊，仿佛她这话是个莫大的安慰。

“不过问题是，”奥斯卡笃定地说，“莉娜是如何发现的已经不重要了——或者可以以后再说。因为蒂莉的家人被困在佩吉斯书店，而且炼金术士会不择手段找到那本书。”

“我们需要知道莉娜对此知道了多少，以及她告诉了炼金术士多少，”罗莎说，“我们必须找到既能保护蒂莉的家人，又能保护《万书之书》的万全之策。炼金术士早晚会发现你的家人并不知道书藏在那里。”

“为什么要把《万书之书》藏在那里？”米罗说，“这好像有一点，呃，怎么说呢……”

“随意！”奥斯卡接茬道，“我猜你想说的应该是这个词。”

“如果你们了解佩吉斯书店的历史，就不会觉得奇怪了，”罗莎说，“到树屋之前我们没有多少时间了，不过我会尽可能讲给你们听。蒂莉，关于这家家族书店，你的家人跟你说了多少呢？”

“我知道我们家族已经经营它很久了，”蒂莉缓缓说道，“外公总说我们是书商世家——说这已经刻在我的基因里。”

“一点没错，”罗莎说，“你知道你们家从欧洲印刷技术革命时就在伦敦开书店了吗?”

“什么？！”蒂莉说，“那得是多早啊?”

“约翰内斯·古登堡在十五世纪将活字印刷术引入欧洲。”阿莱西娅随口说道。

“你怎么会知道这个?”米罗惊讶地说。

“我知道很多关于书的事，”阿莱西娅说，“我的意思是，我是独生女，又有这么个邪恶的父亲，所以看了很多关于书的书打发时间。”

“哦，对哈。”米罗尴尬地说。不知为何，他脑子里一直没把阿莱西娅和她父亲联系在一起。她那么牙尖嘴利又自信满满，让人很容易忘记她在与自己的父亲作斗争，这对她而言该是一件多么困难的事。他提醒自己，她是在用伶牙俐齿和自信来掩盖内心的五味杂陈。

“不过，我们是在说佩吉斯书店。”奥斯卡犀利地提醒。

“是的，你们家确实可以说是历史悠久的书商世家。”罗莎对蒂莉说。

“从十五世纪开始?”蒂莉问道。

“可能比那还要早。”罗莎说。

“但你刚才说——”

“那是佩吉斯书店开第一家店的时候，”罗莎说，“实际上它是个印刷厂兼书店，不过现在不是上书店历史课的时候。当然了，那家店也不是一直开在现在的位置，是在十九世纪搬迁到那里的。更准确地说，你们家族长期以来一直是故事的供应商和保护者。”

“难怪炼金术士认为你是匿名读者。”阿莱西娅说。

“显然很容易让人这样想，”罗莎说，“尤其是考虑到炼金术士最想要和最重视的是什么。我只希望他不知道我刚提到的另外一层保护。他显然怀疑《万书之书》在另一本书里，这也是他想要蒂莉的另一个原因——他知道她可以取出书中的物品。在他看来，这些因素结合到一起，说明蒂莉就是匿名读者，也就是那个可以为他解锁《万书之书》的人。但我非常怀疑他是否有考虑到《万书之书》所在的那本书里，也有人保护它——那个人在很久之前就把保存《万书之书》的任务传给了蒂莉的家族。他也是第一个书行者。”

“他是谁？”米罗问，“我们认识他吗？蒂莉认识他吗？”

“你们听说过他的，”罗莎说，“他的名字是梅林。”

41

神话与传说

大家愕然无语。

“是那个梅林?”蒂莉说，“亚瑟王、圆桌骑士、石中剑的那个梅林?”

“正是，”罗莎说，“他就是第一个书行者，也是《万书之书》的守护者。”

“这是否意味着《万书之书》藏在某一本亚瑟王传说里呢?”米罗惊讶地倒吸一口气。

“确实如此，”罗莎说，“是一个非常特殊的版本，它已经隐藏在佩吉斯家族一千多年了。”

“但那是在印刷机出现之前。”阿莱西娅说。

“是的，”罗莎说，“不过它不是一本印刷的书，而是一份装订的手写稿。”

“这……信息量好大。”蒂莉说。

“我还是有几个问题。”阿莱西娅又说道。

“我知道你会有问题，”罗莎说，“但我们可以在路上解决，现在必须争分夺秒。对了米罗，我们快到树屋了吗？”

米罗停顿了一下，一只手放在长词号的壁上。

“快了，”他答道，因为他感到长词号开始放慢速度，“可能再过几分钟就到了。”

“不过，我有个最主要的问题，”阿莱西娅坚持道，“如果这本书在佩吉斯书店，我们究竟要怎么拿到它呢？不知道你是否注意到了，那里有个巨大的书魔法的隐形屏障阻止我们进去？”

“我注意到了，”罗莎说，“但还有其他方法，如果我们知道怎么做的话。”

“我们可以用你父亲的药水？”蒂莉提出，“我们给阿尔忒弥斯做的帮助她逃走的那个——那不就是你父亲用来在没有书的情况下书行的药水吗？”

“但我不知道它是怎么用的，”阿莱西娅说，她显然对自己知识的局限感到沮丧，“制作药水是一回事，但我不知道如何利用想象把自己送到某一本特定的书中。”

“别担心，阿莱西娅，”罗莎说，“我相信你会想出来的，如果我们需要用到这种方法的话。不过梅林并不会被区区一本书所束缚。”

“我不太明白，”奥斯卡说，“梅林是真实的人还是虚构人物？他怎么会是一个书行者呢？”

“你们都是蒂莉的朋友，”罗莎指出，“你们已经见识到这个边界不总是那么清晰的。梅林是两个世界的人：他同时存在于我们的世界和故事的世界中。他的存在是超越事物的通常规律的。他是我们所理解的书行魔法的源头。梅林是由许多神话和传说、真实和想象的故事所构成的。”

“那咱们是，是直接给他打电话，还是给他发邮件?”奥斯卡试探着说。

“都差不多，”罗莎说，“咱们先让他知道咱们需要他，然后就去见他。我希望可以如此，虽然我之前从未这样做过。”

“但愿这能行得通。”蒂莉说。

“我也这样想。”罗莎话音刚落，长词号已开到了湖边的樟子松树林里。

42

与魔鬼交易

尽管米罗忧心忡忡，但当他们穿过那片将树屋隐蔽起来的树墙，他看着蒂莉和奥斯卡第一次看到树屋的模样时，仍然感到一丝细微的但难以言说的快乐。他们到达时已是黄昏，一串串小彩灯挂在树木之间，照亮了一幢幢小木屋和平台，柔和的光线从图书馆的窗户洒下来。

“欢迎大家，”罗莎双手捋着头发说道，“很抱歉，请你们在这样不愉快的情况下来到这里。现在我们必须先找到莉娜。米罗，你可以带奥斯卡去图书馆看看吗？阿莱西娅，带蒂莉去看看莉娜的房间，我去温室看一下。谁先找到她，就尽量大声地通知其他人，拜托了。”

她说完就跑上了楼梯，米罗示意奥斯卡跟着他去图书馆，他很怕他们会发现什么。不管莉娜这个人多么复杂，他还没有准备好失去她。他拉开图书馆的门，但大厅里空无一人。

“莉娜，”他大声喊道，“你在这里吗？”

“是……米罗吗？”一个嘶哑的声音从他们上方传来。米罗循着声音爬上梯子，来到一个放满了书的舒适的小隔间，他的心一下子揪紧了。他的奶奶正躺在豆袋椅上，这景象与图书馆的舒适和温馨极不相称。她并没有明显的外伤，但脸色灰白，呼吸刺耳，几乎连头都抬不起来。他一看到她就僵住了，直到听见奥斯卡惊恐的吸气声才缓过神来。

“奥斯卡，去叫其他人。”米罗回过神后说道，他向奶奶奔过去，差点把自己绊倒。米罗在莉娜身边跪下来，轻轻握住她的手。

“你还好吗？”他一说出口就意识到这个问题很愚蠢。

“不是特别好，”莉娜虚弱地笑了笑，“他给我吃了什么东西——我不知道那是什么，不过正如你所见，这东西不是很适合我。我想现在已经没有什么可以救我了。我的命运早已是定数，炼金术士的药水只是最终让这一天到来。不过，我很高兴我能坚持到你回来，米罗。”

“是某种能让人说真话的药水吗？”米罗问道，他迫切地希望给她找个泄露罗莎秘密的理由，“他会做那种东西，对吗？”

“我倒希望我能这么说，”莉娜说，“但不是的，我想我只是他计划里的一颗棋子——用来警告你们他对这件事有多么认真。也许是我太……天真了，我还以为他对我，与对那些被牵扯到他计划里的人是不同的。”

“可你是怎么知道《万书之书》在佩吉斯书店的呢？”米罗问道。

“我不满足于待在这里，任由罗莎摆布，”莉娜停下来痛苦地咳嗽了一阵，“我想要发现她的秘密，然后或许可以夺回长词号——和炼金术士达成新的协议，去过我本来应该过的生活。”

“什么？”米罗松开了她的手说道，“你四处窥探，只是为了夺回长词号？”

“米罗，你不知道我曾经的生活是什么样，”莉娜抓住他的手说道，“我曾经有无尽的自由，现在却像个囚犯一样待在乡下的某个角落。”

“这是为了确保你的安全！”米罗说，“看看你做出的那些事，能在这里待着简直是一种奢侈！我都巴不得能住在这里。”

“这还不够，”莉娜喘着气说道，“我应该得到更多。要是我能计划得更周密一些，他本可以给我更多的。”

“你为什么要信任他？你为什么要为了那样一个人把我们都出卖了？”米罗已经泪流满面。

“只有他有能力帮我夺回火车和我应得的东西，”莉娜说，“米罗，你想想，利用我从罗莎那里学到的东西，你和我能在长词号上创造出什么！有时候，哪怕与魔鬼交易，都是值得的。”

“显然不值得！”米罗带着哭腔喊道，“你到底做了什么？”

“我现在只后悔，恐怕再也见不到霍拉旭了。”莉娜咳嗽着说道。

“我们正在努力唤醒他！”米罗说，“如果你——如果不是你的话！你为什么要告诉炼金术士我们没想帮他？现在没人知道我们能不能唤醒霍拉旭了！我们也没法给他制作解药了！就因为你的所作所为，我们没有时间想阅读者记录这个成分该怎么办了，档案馆的记录已经用不了了！”

“米罗，”莉娜说道，她用仅剩的力气把他拉近身边，“阅读者的记录不在于那些纸或者记录簿里的东西，而在于塑造我们的那些故事，是它们决定我们成为怎样的人，还有我们留下的那些故事。”她停下来喘了口气，“你不需要那个本子来获得你叔叔的记录，你只需要知道那些塑造了他的故事是什么。”

“我不知道它们是什么！”米罗哭喊道，“他从不和我说话！也没有人和我说过话！我都不知道我自己是谁。”

“你们俩并没有看上去的那么不同，”莉娜断断续续地说，“你们俩一直都知道铁路充满了魅力。”

“什么？”米罗说，“你说什么？我怎么好像听过这句话？”

“在他小时候，我都没法让他从《铁路边的孩子们》那本书里出来，”莉娜说，“他总去和那里的孩子待在一起。如果要说哪本书塑造了他，那一定是这本。”

“可那是我最喜欢的书！”米罗震惊地说。

“我听说了。”莉娜答道，她咳嗽地更厉害了。

就在这时，图书馆的门被砰的一声打开了。不一会儿，小隔间里就挤满了人，但米罗仍然感觉只有他和他的奶奶两个人。

“莉娜，你究竟做了什么？”罗莎低声说。

“我一直都知道我不会悄无声息地走，”莉娜说，“我一直想要那种可以成为一个好——故事的结局。”

话音刚落，莉娜就向后倒在豆袋椅上，米罗感到她的手在自己手中变得软绵绵的。有那么一瞬间，米罗觉得自己在一阵微风吹过时，嗅到了篝火和书魔法的气味。

43

匿名读者

周围一片死寂。过了一会儿，米罗听到阿莱西娅开始哭泣。

米罗发现自己的眼泪已经干了，他的奶奶走了，他只是感到空虚。他刚见到自己在这世上的另一个亲人，她就走了——就这样走了，在背叛了他们所有人、被炼金术士当棋子利用完之后。直到生命尽头，她都始终把自己的欲望置于他人的安危之上。不管他现在是什么感受，都绝不是悲痛那么简单。

米罗感到一只手温柔地搭在自己的肩膀上，他抬头看到是罗莎。他站了起来，不假思索地扑到她怀里。她把他紧紧地搂在怀里，从没有人这样抱过他。他感到自己的呼吸逐渐平顺，脑袋不再嗡嗡作响，便离开了她的怀抱。她向他投去一个询问的眼神，他点了点头，表示已经准备好继续前进了。

"我们不能把她留在这里。"米罗说。

"当然不会，"罗莎说，"这附近住着一个书商，一个书行者，还有一个我信任的人。我会给他们打电话，他们会过来，确保一切都安排妥当。"

米罗点头同意，罗莎躬身给莉娜盖上一条毯子，她看起来就像一位在书堆里睡着的老妇人。

“米罗，”罗莎说，“虽然我很不想问你这个问题，尤其是事情才刚刚发生在眼前——我无法想象你有多难受。但，她有没有告诉你我们需要知道的事情？”

“她说她一直想更多地了解你在做的事，好把长词号拿回来，”米罗说，他不敢看罗莎，“作为筹码，她告诉了炼金术士我们的计划以及《万书之书》的位置。她希望他能帮她拿到长词号并逃离这里，但他一得到需要的信息，就给她下了毒——为了警告我们。”

蒂莉看上去几乎要呕吐，她害怕极了。

“还有——她告诉了我制成解药的方法，我想，”他补充道，“她说了我们可以用什么替代记录——我知道最后一个成分是什么。它在《铁路边的孩子们》里。”

蒂莉看了他一眼，她知道那本书对米罗意味着什么。

“我猜她想告诉我的是，记录只是一名阅读者的物理标记而已。它其实就是塑造了阅读者的书的清单。所以，如果你了解一个人，你知道对他们最重要的那本书——”他看向蒂莉，“他们的安抚毯书，那就是阅读者的真实的记录，标志着他们是怎样的人。霍拉旭的是——呃，和我的一样。”他的脸上又淌满了泪水，但同时也感觉到阿莱西娅、蒂莉、罗莎和奥斯卡像保护盾一样围绕在他的身边。

“但我们没法接近霍拉旭，”阿莱西娅指出，“而且我们没时间制作解药了。”

“现在还不行，”罗莎说，“但其他的东西我们都有了，我的那套设备还在长词号上。我们去拿一本《铁路边的孩子们》带上，也许可以做到。”她看起来很疲惫，“但最终还是要找到霍拉旭。现在我们去找《万书之书》吧。米罗，路不太远，不过至少需要步行半小时。你可以开长词号送我们过去吗？”

“我能想象从未去过的地方吗？”米罗问道。

“希望我能帮上忙。”罗莎说。

四个孩子和罗莎迅速下楼，回到长词号。

“对了，米罗，”罗莎边抚摸着她疲惫的脸边说道，“我们要去的地方你从来没去过，所以你没法想象它。但是我有一个主意。鉴于之前已经发现，我触摸的木球几乎立刻就会充满想象力，为长词号提供了很好的动力，如果我们手牵手，我来想象目的地，你试着把大脑清空，我或许可以提供画面，把我们带到那里去，就像我们带其他人书行那样。不要有任何压力。如果这行不通，我们可以走着过去，但是我相信你，米罗。你是长词号的司机，她听你的。你只需要引导她看我在想象的东西就可以了。”

“好的。”米罗点了点头，他没有说出口的是，让他不要有压力这句话几乎没什么用。

他伸出手，罗莎牢牢地握住，并朝他微笑了一下，然后轻轻点了点头，他们就闭上了眼睛。米罗试图清空所有思绪，不去想以前去过的地方，把心思放在长词号上。不过显然，当你被要求不要去想某事时，这简直是世界上最难的事情。佩吉斯书店、地下图书馆以及他生命最初的六年住过的那幢房子同时在他脑海中掠过，直到——突然之间，仿佛有电流通过他的身体，但他并没感到疼痛。他感到一股力量从他与罗莎的手相连的地方传来，这股力量清晰、纯净，感觉很对。他的大脑一下子充满了想象，出现一片闪闪发光的金色。他吹响了司机口哨，他不用思考就知道如何让长词号跟随罗莎的想象。他一这样想，火车就开始平稳地向前滑行。

米罗听到其他人在说话，但那声音在自己全神贯注的耳中，就像背景噪音一样微不可察。他唯一一次有过这样的感觉，是躺在长词号的车顶，欣赏美丽而广阔的故事世界，感受无限的美妙和愿景。几乎在他们出发的同时，长词号就放慢速度停了下来，那些想象沿着他的手臂流回了罗莎那里。他又惊又喜地看着她。

“干得好，米罗，”罗莎笑着说，“你太棒了！”

他们走出长词号，发现身在一段哈德良长城上，这段城墙处于连绵起伏的山峦顶部。一段城墙从主城墙延伸出去，形成一个正方形，还有一个古老拱门的残骸。石头从一扇木门上弯曲，它们原本应该在中间连起来，但现在拱门已经不完整了，中间留下了一个空当，漏出一角蓝天。米罗第一眼看到拱门时，还以为自己看到了石头上面有什么东西闪着微光，但当他仔细看时，那微光便不见了，他只能看到它们背后广阔无垠的旷野。

“我们到了。”罗莎说。她转头看向四个孩子，米罗读不出她脸上掠过的情绪是什么。“要通过拱门，我们需要匿名读者，”她说，“不过我想这个我们可以做到。”

米罗、阿莱西娅和奥斯卡都看向蒂莉。

“我要怎么做？”她走上前问道。

“来，我给你们看看。”罗莎说，大家径直走到拱门和摇摇欲坠的石头前。罗莎指了指其中一块石头上刻着的一个符号，这个符号米罗很陌生，它看起来古老而神秘，“你只需要把手放在那儿，蒂莉，想一想那些故事、书行，以及它们对你意味着什么，然后希望可以……呃，先试试吧。”

米罗看着蒂莉按她的要求照做，她小心翼翼地用手按住符号，紧闭双眼。但是什么都没发生，没有微光或者书魔法的火花。

米罗担心地胸口发紧，他瞥了一眼罗莎，令他惊讶的是，罗莎正直直地看着他，歪了歪头笑了，这让米罗更困惑了。

“我确实这样想过。”罗莎说。她一只手轻轻搭在蒂莉的肩膀上，在她耳边低声说了些什么。蒂莉先是很惊讶，但很快就笑了，也跟着看向米罗，把手从石头上拿了下来。

“啊——”阿莱西娅倒吸一口气，“对呀！”

“抱歉，难道——我错过了什么吗？”米罗疑惑不解。

“我不认为你需要道歉，”奥斯卡平静地答道，推着他往前走。米罗突然明白了大家为什么都看着他。

“哦不，”他说着朝奥斯卡的方向往后退，“不不不，你们错了。不可能是我——我真的没有任何特别之处。”

“米罗，你的特别之处，远比你知道的要多。”罗莎说着，竟在他面前跪下来。

“但我没有任何特殊的魔力，”他坚持道，“看看我的家族，我不是来自家大业大的书商世家，或者任何书的守护者家族；我来自一个偷盗、撒谎和背叛朋友的家庭！”

“匿名读者不在于是否有特殊能力，或者你的家人是谁，”罗莎说，“它从来都只关乎你作为读者是一个怎样的人，故事在你心中的地位，以及关心他人和尊重每个人都有自己的旅程的能力。我一见到你，就知道你内心深处藏着故事之美。米罗·博尔特，而我之后的所见所闻都让我更加相信这个人一直是你，否则你如何能挥剑杀死贾巴沃克，你如何能那么深切地感受到别人的阅读记忆，以及长词号如何听命于你。是你，米罗。我很肯定。”

罗莎带着他走向石堆时，他仍然有些恍惚。

“你要试试吗？”她问道，“不行也没关系——这不会让你变得更特别或者更不特别。为了找到《万书之书》，拯救书行世界，我们需要把各自的能力结合起来，不管你的能力是这个还是别的什么。”

米罗做好了失败的准备，但还是把手放到石头上的符号上。他闭上眼睛，脑海中搜索着他在长词号上牵着罗莎的手所感受到的那个地方。不同的是，那次是罗莎帮助他找到那里，而这一次，他自己找到了。

他的思绪滑入了那个清晰而强大的地方，他能感觉到想象力的魔力在他周围闪耀，空气中满是各种丰富了阅读者生命的故事和想法。

魔力从他身上流淌出来，他睁开眼睛，看到金色的想象之河从自己身上四射开来，流入了石拱门，拱门从里面被照亮。符号开始发光，仿佛灌满了融化的金子。接着，就在他感到力量开始消退时，什么东西一闪而过，发出一阵响动，就像微风吹过那棵大梧桐树的树叶的声音，拱门上方的空气开始闪烁出微光。

木门消失了，石头发出吱吱呀呀的声音，开始自己移动，在米罗的头顶上方形成了一个完整的拱门。他转过身，蒂莉、阿莱西娅和奥斯卡正看着这一切，纷纷惊讶地张大了嘴巴。罗莎仍然目不转睛地看着他，给了他一个饱含骄傲和认可的微笑，这种笑容是他此前从未在任何一个大人那里得到过的。

那微光像是石头之间的一层纱，又像炎热天气里的热气，然后突然间雾霾散去，城墙后的旷野消失了，取而代之的是完全不同的景象。甚至连拱门也变了模样。巨大的石头看上去变成了石板和灰色岩石，拱门里不是草地和羊群，而是大海。一条金色的砂石小路从他们脚下延伸出去，有一段向下消失在视野中，然后又往上延伸。他们距离大海只有几英尺，他们能听到海鸥的叫声，闻到空气中海草的味道，甚至能尝到嘴唇上的海盐。

“成功了。”罗莎松了一口气。

“那是什么地方?”米罗问道，打开了那道门之后他还有点头晕目眩。

“穿过那里就是亚瑟王的城堡，”罗莎说，“神话诞生之地，也是书行起源之地。我们会在那里找到梅林，还有他守护着的《万书之

书》。你们准备好了吗？我不能保证我们在这里会发现什么，也不能保证会遇到什么危险。”

米罗看了一眼其他人，大家的神色都庄重而坚定。

“为了我的家人。”蒂莉说。

“为了佩吉斯书店。”奥斯卡说。

“为了《万书之书》。”阿莱西娅补充道。

“还有书行世界。”米罗最后说道。

就这样，他们五个人手拉着手，跨过拱门，直奔传说而去。

（本册终）